Trois minutes

avant la fin du monde

ISBN version imprimée : 979-10-219-0108-7
ISBN versions numériques : 979-10-219-0107-0

Joël PAUL

Trois minutes
avant la fin du monde

« Devant mes yeux s'agitait un monstre horrible, digne de figurer dans les légendes tératologiques. C'était un calmar de dimensions colossales, ayant huit mètres de longueur. Il marchait à reculons avec une extrême vélocité dans la direction du *Nautilus*. Il nous regardait de ses énormes yeux fixes à teintes glauques. Ses huit bras, ou plutôt ses huit pieds, implantés sur sa tête, qui ont valu à ces animaux le nom de céphalopodes, avaient un développement double de son corps et se tordaient comme la chevelure des Furies. »

Vingt mille lieues sous les mers – Jules Verne.

Dans une baie de Nouméa, Nouvelle-Calédonie

Fin du mois de juillet, 2014.

Les vagues courent sur la surface plissée de la baie, projetées vers la plage par une invisible serpillière géante. Mais plutôt que sur le sable, c'est sur mon front qu'elles semblent s'écraser en se bousculant.

Le cerveau est parfois déconnecté du reste du corps. Il travaille et cogite quand bon lui semble, indépendamment de notre volonté. Seul un naïf pourrait croire qu'il se contente de répondre à nos requêtes, à la façon d'un ordinateur. L'hippocampe incorpore des événements récents à d'autres formes d'informations, il fait sa sauce à notre insu. À très long terme, la mémoire parvient pourtant à se passer de l'hippocampe. Les souvenirs sont des grappes de neurones qui s'excitent en commun au moindre stimulus. Plus la grappe est activée, plus elle se comporte comme un circuit indépendant. Elle peut s'agiter de façon inopportune, lorsque l'on cherche le sommeil, par exemple, ou bien, comme ce soir, à l'occasion de ce moment consacré à la détente, dans la quiétude de la nuit, en bord de mer.

Les vaguelettes écumantes qui déferlent inlassablement sur la grève font ressurgir des souvenirs lointains stockés dans mon cortex. Elles activent ma mémoire à long terme pour occuper mon esprit, sans me demander mon avis, tandis que j'essaie de me concentrer sur le but de ma présence ici : la pêche. Je résiste bravement et remonte mon leurre d'un mouvement lent et savamment dosé du moulinet. Ma crevette orange… Je ne compte plus les calmars que cet objet fétiche m'a permis de capturer dans les baies de nos côtes, autour d'Hitachi, sur les plages de Kawarago ou d'Hiraiso, près du Seaside Park que Suko, madame Tadatoshi, affectionne tant.

Les calmars envahissent nos baies à la saison fraîche, comme ici, à Nouméa, mais la baie des Citrons est minuscule à côté de nos plages. Dans cette île tropicale, l'hiver est bien doux aux yeux des Japonais de l'hémisphère nord comme moi. Lorsque l'on m'a dit qu'on supporterait une couette pour dormir en hiver, j'ai pensé à un canular. C'est pourtant exact, les nuits à Nouméa sont fraîches en hiver. Heureusement que mon épouse a pris la précaution d'apporter quelques vêtements chauds et cet imperméable que j'apprécie pour ses nombreuses poches, très pratique quand je vais à la pêche.

Je suis patron-pêcheur. Mon métier c'est la pêche. Mes loisirs sont aussi liés à la pêche, ma vie c'est la mer. En dehors de l'océan, je ne connais pratiquement que le port d'Hitachi. Une addiction qui exaspère parfois ma tendre épouse. Elle n'a pas été étonnée de me voir sortir de la valise quelques calamarettes, dont cette turlutte orange qui me porte bonheur, et un petit lancer télescopique, pratique pour son faible encombrement. Je n'ai pas résisté à l'attraction de pêcher – ne serait-ce qu'un soir – pendant notre petite semaine de vacances ici, pour voir l'aspect des calmars calédoniens. Je ne m'attends pas à ce qu'ils soient différents, mais je dois le vérifier.

Cette manie de tout contrôler est à l'origine de mes vacances. Ces premières vraies vacances de ma vie ont été un peu forcées. Le *Shinei Maru n°666*, mon bateau de pêche, est en carénage. Le responsable du chantier naval m'a sommé de m'éloigner du bateau, car il n'en pouvait plus de m'avoir constamment sur le dos, à vérifier le moindre détail. J'ai décidé de partir une semaine. J'ai pris deux billets par l'intermédiaire d'un voyagiste de Tokyo qui propose des séjours paradisiaques dans cette île francophone de la mer de Corail. Je suis installé depuis deux jours dans un petit hôtel modeste de la baie des Citrons, au plus près de la mer.

À vrai dire, en Nouvelle-Calédonie, on ne parle pas de calmars, ni d'encornets ou de supions (ces deux derniers termes étant les favoris des puristes). On les nomme « seiches ». J'ai bavardé avec des clients de l'hôtel et lu toutes les brochures sur le sujet. Ils n'ont pas entièrement tort de parler de seiches, ce sont des cousines que beaucoup de gens confondent.

Ces coquines ne sont pas toujours au rendez-vous. Elles montent avec la marée, de nuit principalement, mais sont sujettes aux caprices de la lune et du vent. Seiches ou pas ce soir ? Rien n'est joué d'avance. Ce qui est sûr, c'est qu'il faudra lancer et relancer le leurre pour le faire nager, en moulinant lentement ou plus vite, par à-coup ou bien régulièrement, car le calmar, chasseur et vorace, ne fonce pas de suite sur l'appât. L'attente est parfois décourageante. Mais quand, attiré par la jolie couleur de ma turlutte fétiche qui se dandine au bout de son fil de nylon, la bestiole l'agrippera, elle sera ferrée à coup sûr et la partie sera gagnée. Le double mini grappin appelé « panier », qui termine la queue du leurre, se plantera dans un tentacule. Il n'est pas rare que plusieurs crochets le transpercent simultanément. Comme il n'y a pas d'ardillon, il faut alors maintenir une tension permanente et remonter la ligne tendue sans paniquer, car notre proie n'attend qu'un répit dans la traction pour se dégager.

Si vous pêchez la seiche pour la première fois, sachez que les céphalopodes ne se ferrent pas comme des poissons, en pêche à l'appât ou au leurre. La seiche attrape ses proies avec ses tentacules et elle se pique toute seule sur les paniers acérés de la turlutte. C'est une vraie joie de sentir le leurre prendre soudain du poids quand la prise est cramponnée. Parfois, c'est un paquet d'algues que l'on remonte, ça fait peu de différence. L'animal se laisse traîner comme un poids mort. Le fil tendu n'indique pas toujours une prise, mais avec l'habitude, un bon pêcheur sait faire la différence.

Au creux de la nuit, dans le froid des alizés, il faut un certain courage pour persévérer, ou du moins une solide obstination. Mais quand la première seiche de la soirée alourdit la ligne, c'est un cadeau, une récompense que l'on ramène au rivage. Cette pêche a quelque chose de poétique. Le céphalopode est un tube translucide, aux reflets fluorescents, terminé par une nageoire avec une tête munie d'un bec cerné de tentacules. C'est un animal curieux, aux yeux démesurés. Il vous voit de loin, mais comme il ne peut pas se dégager, il laisse flotter ses tentacules autour de sa tête avec le bec en avant, comme les cheveux de serpents de Méduse, l'une des trois Gorgones. Chaque tour de moulinet vous le montre un peu mieux. Dans l'eau sombre, lorsqu'il est assez proche, on a l'impression de remonter une fleur dont le pistil serait le bec, et les tentacules une corolle de pétales. La fleur devient lourde en bout de course et la seiche vous salue ou vous insulte – mais c'est moins poétique – en crachant de l'eau dans un bruit de succion.

Une fois sur terre, toujours prisonnière, elle continue de vous lancer des regards courroucés. C'est en tout cas l'impression qu'elle donne, car ses yeux énormes semblent vous fixer sous tous les angles. C'est souvent là, dans une dernière tentative de camouflage, qu'elle crache un jet d'encre. Hélas pour elle, sur le sable de la plage ou les planches du ponton, point de salut, elle est foutue.

Le céphalopode type calmar n'a pas la puissance ni la combativité du poulpe qui se battra jusqu'à la fin, en s'enroulant sur votre main ou sur vos membres, et qui n'hésitera pas à se dresser et à marcher sur ses tentacules, tel un être fantastique tout droit sorti de *La guerre des étoiles*, pour retrouver l'élément liquide. Une fois sortie de l'eau, la seiche est inerte. C'est une chiffe molle, impuissante et gluante. Pour la mettre dans le pochon ou au fond du seau, il suffit de la soulever par le crochet du panier et de secouer l'assemblage. Le monstre des abysses tombe alors dans le réceptacle à la façon d'un paquet de nouilles bien cuites.

Souvent, en arrivant sur le sol après sa sortie de l'eau, la seiche s'est déjà dégagée du crochet. Mais, incapable de se mouvoir, elle attend que vous la saisissiez par son manteau gluant. Elle glisse entre vos doigts, et c'est sa tête qui vous permet de la garder en main en servant d'arrêtoir.

Sa préparation culinaire n'est pas difficile, même si elle rebute certaines cuisinières. Avant de la passer à la casserole, il faut retirer ce qui ne se mange pas : les yeux et les mandibules en forme de bec de perroquet, la masse viscérale, à l'exception de la poche d'encre – que l'on peut conserver pour certaines préparations, paraît-il, je n'ai jamais essayé – et le *gladius*, plus couramment appelé la « plume ». C'est sa coquille interne, chitineuse, en forme de plume translucide, comme son nom l'indique. C'est un souvenir que je distribue à mes petits-enfants.

J'oubliais de décrire les parties qui se mangent : la couronne de bras et les tentacules situés sur la tête ainsi que le manteau, la bourse musculaire qui entoure les organes, y compris les nageoires en forme de losange, situées à sa base. Il faut enlever la peau, un peu mauve, qui se détache facilement, une fois la bête ébouillantée. Il y a mille façons de cuisiner la seiche. Je ne connais pas les recettes particulières à cette île, mais au Japon, elle nous donne l'occasion de composer d'innombrables plats délicieux.

Hélas, point de seiche à l'horizon ce soir. J'ai le loisir de contempler le ciel dégagé. Je distingue parfaitement la Croix du Sud dans les pattes du Centaure. C'est mon père qui m'a initié au secret des étoiles. Il était pêcheur comme moi et comme l'était son père. « On peut découvrir des multitudes d'étoiles qu'on peine à imaginer, si l'on regarde le ciel par nuit claire », me répétait-il.

La plus grosse des étoiles de la croix, en direction du pôle Sud, semble indiquer la trajectoire de mon prochain lancer. J'envoie mon leurre vers l'Antarctique, avant de le remonter lentement et fébrilement, mais il n'y a pas de seiche ce soir. Aurais-je perdu la main ? Peut-on perdre son savoir en quelques jours ? Il me faut absolument remonter un calmar pour me rassurer.

Il m'arrive de pêcher de cette façon au Japon, pour le plaisir, de temps en temps. Mais c'est avec mon père, sur son *shimaihagi*, un bateau de pêche côtière dont le nom, se référant à la coque, signifie littéralement « les quatre jonctions », que j'ai remonté le plus de calmars. Nous pêchions ensemble à la dérive avec la technique du *tataki*, c'est-à-dire à l'aide d'une ligne plombée sur laquelle plusieurs leurres sont fixés pour augmenter les prises. Cette façon de faire nécessite des mouvements très précis. Le *tataki* est une manière d'agiter les turluttes pour attirer les céphalopodes. On ne peut pas pratiquer cette méthode depuis le bord, il faut du fond pour le faire.

Ces sorties en mer sont des souvenirs inoubliables pour moi. Son bateau était si beau ! Petit par sa taille – presque une barque –, mais si joliment orné de panneaux entièrement sculptés à la proue et à la poupe, comme à Hokkaido ! C'est là qu'il avait acheté l'embarcation dans sa jeunesse, une remarquable construction traditionnelle que les charpentiers de marine de l'époque réalisaient sans aucun plan. Les planches jointes bord à bord, sans calfeutrage ni joint, étaient pourtant parfaitement étanches. Les constructeurs japonais considèrent toute infiltration qui se produit lors de la mise à l'eau comme un déshonneur. Que de souvenirs merveilleux sur ce *shimaihagi* ! Mon père me l'a légué avant sa mort, mais la vague de 2011 a détruit le hangar où il était entreposé.

En début de soirée, j'ai remarqué d'autres pêcheurs qui allumaient une lampe torche de temps à autre. Certains l'ont accrochée à la façon des mineurs de fond, comme moi quand je pêche au Japon, probablement dans l'espoir d'attirer une seiche gourmande et curieuse. Mais ils ont fini par renoncer et m'ont laissé seul dans le froid et l'obscurité, avec des pensées plus sombres que la nuit en guise de couverture.

Chez moi, la mélancolie n'est jamais très loin de la déception. Ces deux-là voyagent ensemble et se passent le relais pour me tourmenter. Me voilà qui rumine sur la banalité d'une vie dont le crépuscule approche à grands pas. Comme des millions d'hommes avant moi, j'adresse une pensée pleine d'amertume au Créateur : *Pourquoi faire la vie si courte ? Qu'est-ce que ça te coûtait d'en rajouter quelques louches ?*

Porté par l'énergie du désespoir, je lance une dernière fois et le miracle se produit. Mon fil de nylon est tendu, le fouet de ma canne est courbé. Je ne la vois pas encore, mais je sais qu'elle est là, je la sens. Je mouline et la voilà qui émerge, des embruns plein les yeux, glissant sur la surface comme ces touristes qui se font tracter en bouée. Ma bonne humeur est revenue : je ne rentrerai pas bredouille.

Elle est presque au bord. Elle me crache son désespoir d'un petit cri mou qui évoque un bruit de succion. Je la sors de l'eau. Elle est magnifique, sa robe luit de reflets mauves et verts. Ses énormes yeux semblent m'implorer. Que m'arrive-t-il ? J'hésite, ma main tremble et secoue ma turlutte sans que je l'aie vraiment décidé. La seiche tombe dans l'eau et file aussitôt vers le large à une vitesse fulgurante. De toute façon, le marché aux poissons de Nakaminato, le lieu principal de vente de mes poissons, est bien trop loin d'ici.

Je rembobine mon leurre jusqu'à ce que je puisse l'accrocher sur l'anneau de guidage par les griffes du panier. J'essuie une larme à cause du vent qui irrite mes yeux. Je remonte péniblement le banc de sable qui me sépare de la partie herbeuse. Mes jambes me font mal d'être resté debout, les pieds dans l'eau, dans le sable que le ressac rendait instable. Je suis plus maladroit sur terre qu'une grosse tortue fatiguée. Mes cinquante-cinq ans commencent à peser sur mes épaules comme l'armure d'un vieux samouraï. Ce sont mes premières vacances en dehors du Japon. Il y a quelques jours, j'ai quitté la préfecture d'Ibaraki par le train pour prendre l'avion à Tokyo, notre mégalopole. Depuis mon débarquement à Tontouta, avec cette longue route désertique – par rapport à la densité de la population japonaise – pour arriver à Nouméa, je me sens vidé. Déconnecté de mon univers, j'ai pour la première fois un état d'âme propice à l'examen rétrospectif de ma vie.

Pour le Grand Ordonnateur de l'univers, je ne vaux probablement pas plus qu'une seiche. Je suis microscopique, infiniment petit, une poussière de poussière du cosmos. Ma durée de vie est insignifiante à l'échelle de la planète, et cela me rapproche encore plus de l'encornet que j'ai relâché. Il n'était pas énorme, en pleine croissance, au début de sa vie. Il va pouvoir en profiter, lui.

Mon regard se noie dans le lointain. On dit que les vagues font revenir les souvenirs à marée montante pour les reprendre à marée descendante, dans un cycle immuable orchestré par la lune.

La marée monte, ça ne fait pas de doute, car je sens mes neurones s'agiter en tous sens pour faire revivre les fantômes du passé.

Alors que ma seiche fonce vers les abysses, fuyant ma turlutte orange et ses attraits fallacieux, je me remémore des rêves de profondeur, lorsque, enfant, je me prenais pour Hoori, un pêcheur légendaire qui donna au Japon un fils empereur. À l'époque, nous naviguions, papa et moi, sur son petit bateau. J'imaginais alors que nous étions au-dessus des grandes fosses du Pacifique. J'inventais un panorama sous-marin, des montagnes, des vallées, des abîmes insondables peu-

plés d'une faune et d'une flore merveilleuses, tita-
nesques, extravagantes.

À présent, mes yeux s'attardent sur l'aura cligno-
tante du phare Amédée[1], que j'aurai l'occasion de visi-

1 Le phare de l'îlot Amédée représente le premier phare
   métallique de France et se distingue par son histoire
   unique.

   Paris ordonna sa construction en 1861, suite aux nombreux
   naufrages de navires entrant dans le lagon de la Nouvelle-
   Calédonie. Monsieur Rigolet, ingénieur français issu des
   ateliers Eiffel, fut chargé de la construction de ce véritable
   monument qui fut d'abord édifié aux Buttes-Chaumont en
   1862.

   Compte tenu de ses dimensions, l'ouvrage dut être
   assemblé en extérieur. Durant près de deux ans, le phare
   Amédée domina donc Paris de ses 56 mètres. Il fut
   enfin démantelé en 1265 pièces pour un poids total de
   387 953 kilos, et fut transporté par la Seine jusqu'au port
   du Havre d'où il embarqua pour sa destination finale, la
   Nouvelle-Calédonie.

   Après dix mois d'intense labeur accompli par des militaires
   et travailleurs locaux, le phare fut érigé sur l'îlot Amédée.
   Sa première illumination eut lieu le 15 novembre 1865, jour
   de la Sainte-Eugénie, du nom de l'impératrice Eugénie,
   épouse de Napoléon III. Son rayonnement marque l'entrée
   de la passe de Boulari, l'une des trois entrées naturelles du
   lagon.

   L'îlot Amédée ne mesure que 400 mètres de long pour
   270 mètres de large. Il est situé à 24 kilomètres à l'ouest de
   Nouméa. Pour admirer l'époustouflant panorama qu'offre
   le sommet du phare, les plus courageux graviront les
   247 marches d'un escalier de fonte.

   Le phare Amédée est l'un des plus grands phares du
   monde, dans le plus grand lagon du monde.

ter bientôt, puisqu'un séjour sur l'îlot est prévu avec le packaging de mon voyage. Je pense qu'il est temps de rejoindre ma petite femme à l'hôtel.

J'ai gagné mon pari. J'ai sorti un calmar du lagon. Elle sait que je suis incapable de mentir. Elle me croira sur parole. Ne suis-je pas Hoori ? Ce prénom d'emprunt me suit depuis l'enfance. Certains de mes vieux compagnons marins m'appellent ainsi, mais mon vrai prénom c'est Gorō, le cinquième fils.

Naperville, banlieue de Chicago,
Illinois, États-Unis

Janvier 2015.

Peter enfila son pardessus, l'air agité. C'était son épouse qui choisissait ses vêtements. Peter n'avait aucun goût. Il avait toujours la tête dans les étoiles ou dans de savants calculs pour préparer ses cours ou ses conférences. Il enroula promptement son écharpe rouge autour de son cou, prit sa serviette en cuir et se précipita en direction du hall d'entrée.

Le temps pressait. De Naperville, la banlieue chic où se trouvait sa villa cossue, à l'université de Chicago, où il enseignait la physique nucléaire, il y avait une bonne heure de voiture.

Après avoir décroché son feutre Trilby du porte-manteau, il fit volte-face avec une énergie qui démentait son âge et retourna dans le salon au pas de course pour embrasser sa femme sur le front. Elle lisait le journal, avachie dans un vieux fauteuil en cuir vert, le dos callé sur un coussin de laine qu'elle avait elle-même confectionné au crochet.

— Excuse-moi, chérie, je suis en retard, j'ai failli t'oublier. Aujourd'hui, c'est la réunion « apocalypse » du Bulletin des scientifiques atomistes. Nous allons annoncer au monde que Doomsday Clock[2] a été avancée. Nous sommes à trois minutes de la fin du monde.

— Reviens avant le feu d'artifice final, mon biquet.

Peter la regarda, dépité, en gonflant ses joues de désapprobation. Il adorait sa femme, mais son fata-

---

2 L'horloge de la fin du monde, ou horloge de l'apocalypse (Doomsday Clock en anglais), est une horloge conceptuelle sur laquelle minuit représente la fin du monde. Elle a été créée peu de temps après le début de la guerre froide et régulièrement mise à jour depuis 1947 par les directeurs du Bulletin des scientifiques atomistes de l'université de Chicago.

L'horloge utilise l'analogie du décompte vers minuit pour dénoncer le danger qui pèse sur l'humanité du fait des menaces nucléaires, écologiques et technologiques. Depuis le 22 janvier 2015, l'horloge affiche minuit moins trois (23 h 57).

À l'origine, cette horloge évoquait le risque de guerre nucléaire mondiale, en soulignant la menace liée à la prolifération des armes nucléaires ; mais, depuis 2007, l'horloge prend également en considération les perturbations dues au changement climatique, les problèmes liés aux hydrocarbures (pic pétrolier, géopolitique du pétrole) ou encore les « nouveaux développements dans les sciences du vivant qui pourraient infliger des dommages irrévocables », c'est-à-dire les risques liés aux nouvelles technologies (nanotechnologie, biotechnologie, etc.).

Le nombre de minutes restant avant minuit est mis à jour périodiquement.

lisme et sa décontraction le déconcertaient. Les affaires du monde ne l'intéressaient pas.

— Fait attention, la météo a annoncé du verglas sur les routes.

— Tu sais bien que je suis prudent. Tchao, mon amour.

Peter découvrit le temps qu'il faisait à l'extérieur au fur et à mesure de l'ouverture de la porte du garage. La température était négative. Le ciel était gris et des résidus de neige sale formaient des plaques sur les trottoirs. La chaussée semblait néanmoins praticable. De toute façon, il n'était pas question de rater cette conférence. Sa Chrysler PT Cruiser de 2004 démarra sans difficulté. En sortant du garage, il se dit qu'elle lui ferait encore usage pendant dix bonnes années. Peter était un conservateur. Il avait gardé sa dernière voiture une quinzaine d'années. Il ne l'avait revendue que pour un problème récurrent de pièces détachées que son mécanicien attitré n'arrivait plus à solutionner. Il avait néanmoins changé de garagiste, en représailles.

Il s'engouffra dans l'artère 355, à Woodridge, depuis la route 33 ; il aurait pu suivre ce chemin les yeux fermés. À la sortie de l'artère, il dérapa sur une plaque de verglas, mais parvint à redresser le véhicule sans problème, car il roulait au pas. Tout de même échaudé par ce dérapage à peine contrôlé, il se concentrait désormais sur l'état de la route en roulant de plus en plus lentement. Des automobilistes furieux et pressés le doublaient en lui jetant des regards apitoyés. Peter avait l'allure d'un petit vieux avec ses lunettes de myope sur le bout du nez. Il conduisait presque couché sur le volant, comme un novice ou un enfant trop petit pour atteindre les pédales.

Sur la centième rue, en direction de Luther King Drive, il se rassura. Hyde Park et l'université n'étaient plus qu'à dix minutes. C'est alors qu'un gros bonhomme décida de traverser la chaussée, quelques mètres devant lui. L'image d'un ours polaire traversant un lac gelé d'Alaska s'imposa aussitôt à Peter. L'homme, qui devait sans doute peser près de 150 kilos, marchait lentement, cherchant prudemment ses appuis sur le sol verglacé.

Je vais me faire un plantigrade, pensa Peter. Le choc était inévitable. Il enfonça progressivement la pédale de frein pour éviter une embardée, mais la voiture glissait comme une luge vers le Baloo qui n'en finissait pas de traverser en utilisant la technique du « pas de patineur ». Peter eut le temps de se dire qu'il n'aurait jamais osé faire du patinage en brodequins.

Le tamponnement ne fut pas trop brutal, mais le gros homme valdingua tout de même quelques mètres plus loin, catapulté par la Chrysler qui hésitait encore à stopper sa course. Paniqué, Peter n'osait plus faire un geste. Sa voiture s'était finalement retrouvée bloquée par la bordure du trottoir. Il attendit, moteur en marche, ne sachant que faire.

Toc, toc.

Un tapotement assourdi par le capitonnage résonna dans l'habitacle. Encore abasourdi, Peter tourna lentement son visage vers la gauche. Il constata que le Baloo, qui s'était fait tamponner comme un palet de hockey, s'était relevé et frappait à présent sur la vitre latérale. Il ne distinguait que sa lourde silhouette à travers les vitres recouvertes de buée, mais il n'avait aucun doute sur ses intentions. Il allait demander des comptes. Peter essuya la vitre avec la manche de son veston, tandis que le visage courroucé du bonhomme s'approchait de la fenêtre. Sa peau noire se distinguait à présent parfaitement sur le fond uniformément blanc du paysage.

Peter sursauta et jeta son buste en arrière en découvrant le gros nez et les yeux exorbités qui le fixaient de l'autre côté. Le gros bonhomme finit par reculer son visage déformé et l'invita du doigt à descendre la vitre, tout en faisait mine de sourire.

Lorsque le carreau fut entièrement baissé, l'homme balança prestement son bras à l'intérieur de la limousine, et sortit Peter par la fenêtre comme on extrait un enfant du ventre de sa mère. Il le tenait en l'air d'un seul bras, sans que les pieds de Peter ne touchent le sol, le regardant d'un air désolé, ne sachant désormais que faire d'un si petit homme tremblant de trouille.

— Vous n'êtes pas Woody Allen, par hasard ? demanda-t-il.

— N… Non, répliqua Peter.

— Vous êtes son vrai clone, pourtant. Vous mériteriez que je vous éclate la gueule, mon petit vieux. Prendre mon cul pour l'airbag de votre vieille caisse… pfff… ça me donne des envies de meurtre.

Peter tremblait à présent comme un chihuahua sortant du bain. Le gros bonhomme noir n'osait pas rosser ce sac d'os qu'il avait peur de démonter.

— Tu vas t'excuser, maintenant, dit-il enfin à court d'idées.

— Woui, Woui, toutes mes excuses, Monsieur le piéton.

— Monsieur le piéton ! T'as rien trouvé de mieux ?

— Woui, non… je ne sais plus ce que je dis. Je suis pressé, je me rends à une conférence, je suis physicien atomique. Nous allons annoncer que la fin du monde est pour dans trois minutes. C'est très important d'avertir les habitants de notre planète que nous sommes si près d'une catastrophe.

Le gros bonhomme s'esclaffa en reposant le savant sur son siège. Il garda toutefois la porte ouverte, calée par son genou. Il sembla réfléchir un instant, puis rattrapa Peter par le col. Il se mit alors à compter à rebours. 180, 179, 178, … et pour chaque seconde qu'il égrenait, il assenait une petite gifle sur les joues de la face terrorisée de Peter. À la dernière seconde, il frappa un peu plus fort, expédiant les lunettes du savant en direction du pare-brise. Les deux parties de la monture se séparèrent tandis qu'un verre se fendillait sous le choc.

— Voilà, c'est la fin du monde ! dit Baloo, avant de partir en rigolant comme un bossu.

Peter, secoué, mais indemne, ne demanda pas son reste et reprit la route vers Hyde Park.

Université d'État de Chicago
dans le quartier de Hyde Park

Ce jeudi 22 janvier 2015, dans la salle de conférence de l'université de Chicago, les quatre plus hauts responsables du *Bulletin des scientifiques atomistes* se tenaient assis derrière une longue table sur laquelle des micros sans fil avaient été disposés. Les quatre docteurs en sciences, casques de traduction simultanée sur les oreilles, faisaient face au gratin de l'université et aux journalistes convoqués pour l'événement. Derrière eux, un tableau blanc interactif affichait l'image d'une pendule, calée sur vingt-trois heures cinquante-sept. Peter Roberto était l'un de ces quatre éminents scientifiques assis sur l'estrade. D'une certaine façon, avec ses lunettes rafistolées, il contribuait à l'ambiance dramatique qui était de rigueur.

— Notre pendule indique désormais minuit moins trois minutes, précisa Kennette Benedict, présidente de l'association.

Les directeurs de l'université et les dix-sept prix Nobel qui faisaient partie du jury avaient approuvé la décision à une large majorité. La plupart d'entre eux étaient là, sagement alignés au premier rang, l'air grave, estimant que la probabilité d'une catastrophe mondiale était plus élevée que jamais.

La dernière fois que l'aiguille avait été déplacée datait du 10 janvier 2012. Elle avait alors été avancée d'une minute. C'est la dix-huitième fois qu'elle était déplacée depuis la création de l'horloge en 1947.

— Je vous rappelle que cette pendule symbolise l'imminence d'un cataclysme nucléaire. Elle n'a jamais été aussi près de minuit depuis 1984, moment le plus tendu des relations américano-soviétiques. En 1991, deux ans après la chute du mur de Berlin, elle indiquait 23 h 43.

Ces dernières précisions étaient inutiles devant un tel aréopage, mais elles donnaient de la solennité à l'intervention.

Peter était le directeur chargé de conclure. Son tour vint de prendre la parole. Kennette Benedict s'assura qu'il était en état de le faire.

— Cher professeur, je vois que vous avez eu un accident, êtes-vous en mesure de terminer ?

— Parfaitement ma chère, j'ai eu un petit problème en chemin avec mon véhicule. J'ai croisé un énorme *fullback*[3], utilisé comme nettoyeur de la défense des

---

3 *Fullback* (centre arrière) est une désignation particulière du poste de *running back* au football américain.

Bears de Chicago qui m'a fait perdre mon amour-propre et mes lunettes. Mais j'ai toujours ma voix.

Il prit la parole aussitôt pour ne pas s'étendre sur sa mésaventure.

— Comme en 2012, les décisions politiques ne sont manifestement pas à la hauteur des défis posés par le changement climatique en cours et par la modernisation des armes nucléaires. Malgré des développements modestement positifs dans le domaine du changement climatique, les efforts actuels sont absolument insuffisants pour éviter un réchauffement catastrophique de la Terre. Parallèlement, les États-Unis et la Russie se sont lancés dans des programmes massifs de modernisation de leurs triades[4] nucléaires, compromettant ainsi les traités de non-prolifération existants. Le rapprochement de la Russie et de la Chine n'est pas de nature à rassurer le monde ; la guerre est proche. En seulement quelques mois, le conflit en Ukraine a fait basculer l'équilibre des grandes puissances vers une nouvelle guerre froide où chaque partie s'emploie à augmenter considérablement ses capacités de dissuasion nucléaire. Ces éléments, et bien d'autres en rapport avec la dégradation de notre environnement, ont été les moteurs de notre décision. Un rapport détaillé sera distribué à la fin de cette conférence. Je remercie particulièrement nos amis d'Europe, d'Asie et d'Afrique d'être venus de si loin pour répondre à notre invitation.

---

4   Triades nucléaires : composantes terrestre, aérienne et navale des arsenaux nucléaires.

L'assistance se leva sans parvenir à décider si les applaudissements étaient de circonstance. Un timide claquement de mains se fit entendre, vite étouffé par le brouhaha des journalistes pressés de quitter la salle pour rédiger leur article.

Washington,
district de Columbia

Novembre 2015.

À l'intérieur de l'immense bâtiment de l'ambassade de Russie à Washington D.C., dans une des salles de réunion réservées aux forces spéciales du service des renseignements extérieurs de la Fédération de Russie[5], les principaux responsables du service-action en poste à Washington étaient réunis pour mettre au point une nouvelle opération de nettoyage.

Le colonel Vidovich avait convoqué ses principaux collaborateurs. De l'état de guerre froide, on glissait de plus en plus vers quelque chose ressemblant à une guerre « chaude ». La dénucléarisation, la détente après la chute du mur de Berlin et la fin du communisme soviétique avaient fait croire à une paix durable. Mais les hommes sont querelleurs et guerriers par nature. Le naturel revenait au galop.

------

5 SVR.

Depuis des semaines, les agents dormants russes disséminés sur le territoire américain avaient été réveillés. Des attentats, des assassinats de responsables militaires ou de spécialistes du nucléaire américains, méticuleusement programmés depuis Moscou, étaient constatés par les responsables de la sûreté des USA. Les forces de sécurité américaines étaient en alerte maximum, mais les meurtres de membres du personnel militaire très spécialisé continuaient un peu partout dans le monde, sans aucune preuve que les services secrets russes ou chinois soient impliqués. Ces deux pays étaient cependant dans le collimateur de la CIA et du FBI. Les expulsions de diplomates devenaient quotidiennes. La crise montait en puissance, le monde tremblait. Le conseil des Nations Unies avait mis en place une session quasi permanente pour tenter d'arrêter l'escalade. Sans grand succès.

Le colonel Vidovich avait longtemps exercé la fonction de commissaire politique, tout comme son père, un *politrouk*[6] célèbre. Il ne pouvait pas s'empêcher de démarrer chaque réunion par un laïus idéologique interminable.

— La neutralisation des agents spécialisés dans le domaine nucléaire doit se poursuivre, entama-t-il d'une voix forte. Il est temps de mettre fin à l'impérialisme américain pour installer, avec nos amis chinois, un nouvel ordre mondial. Il est nécessaire de redistribuer les cartes et d'éliminer une partie de l'humanité

---

6 *Politrouk* : officier désigné auprès d'une unité militaire et répondant à une ligne hiérarchique politique, distincte de la hiérarchie militaire.

décadente pour sauver le monde. La surpopulation doit être enrayée et l'égoïsme de ceux qui épuisent les ressources de la Terre doit cesser. Karl Marx avait raison depuis le début, le capitalisme nous a conduits à la catastrophe. Il n'est pas question de revenir à l'utopie d'une société sans classe, l'histoire nous a donné ses leçons. Mais nous ne pouvons laisser le pouvoir mondial aux mains d'une élite dépravée qui nous mène à notre perte. Nos amis de l'Empire du Levant nous ont montré la voie. Ils ont réussi là où nous avons échoué, en sachant inventer le concept d'un libéralisme économique modéré soumis à un contrôle politique autoritaire. Nous ferons de ce modèle celui du nouvel ordre mondial…

Vidovich reprit son souffle. Le commandant Ivanatof en profita pour se racler la gorge.

— Hum… colonel, si nous venions à l'agent américain qu'il faut neutraliser…

— Je vous reconnais bien là, commandant Ivanatof ! L'action, l'action !… Il n'y a que cela qui vous intéresse ! J'ai, en effet, une nouvelle cible pour notre *spetsnaz*[7]. Il s'agit du *First Lieutenant* Tiby Fergusson, soldat d'élite de l'armée de l'air, détaché des forces spéciales, attaché au Pentagone, et spécialiste des systèmes de guidage des missiles nucléaires. La perte de cet homme privera Oncle Sam d'une ressource précieuse.

---

7 *Spetsnaz* est la contraction de SPETSïal'nogo NAZnatchéniya (специального назначения). Cette appellation désigne un groupe d'intervention des forces spéciales du SVR, du FSB (ex KGB) ou de l'armée russe.

Ivanatof afficha un sourire satisfait devant cette perspective. Craignant d'être encore interrompu, le colonel Vidovich reprit aussitôt la parole :

— Notre cible est un homme irréprochable lorsqu'il est en service, mais ses pulsions sexuelles l'entraînent vers des excès qui nous seront très utiles. Mon officier d'ordonnance vous donnera tous les détails de ses habitudes. Nous frapperons lors de l'une de ses escapades. Ce sera l'occasion de voir notre nouvelle recrue à l'œuvre : je vous présente Igor Zakhraov, qui se chargera de la neutralisation. Il a le profil idéal pour cette mission.

Le colonel Vidovich orienta son regard vers le fond de la salle, en direction d'un homme dont la tenue débraillée détonait avec celle des autres membres du groupe. Adossé au mur, l'air vaguement ennuyé, Igor soutint sans ciller les regards incrédules qui se posaient sur lui. Sa petite taille, ses yeux de biche et sa silhouette juvénile ne plaidaient pas en sa faveur. Un sourire sceptique parcourut l'assistance tandis que les regards s'attardaient sur ses mains déliées et son visage d'ange.

— Tu ferais mieux d'effacer ce sourire de ta gueule, *mudak*[8] ! lança-t-il à un jeune officier qui le dévisageait.

Ce dernier haussa le sourcil, étonné par la voix étonnamment chaude et profonde de la nouvelle recrue. Une voix si basse qu'elle semblait sortir d'un corps beaucoup plus imposant.

Vidovich s'amusait visiblement de la scène.

---

8 *Mudak* : connard.

— Igor nous a été envoyé par la section quatre, précisa-t-il. Ils l'ont gentiment surnommé l'Égorgeur. Ne vous fiez pas à son apparence, vous feriez une grave erreur.

Le nouveau venu se décolla lentement du mur sur lequel il s'était appuyé pour se rapprocher avec désinvolture du groupe qui le toisait toujours d'un air sceptique.

— Je constate que vous me prenez pour une fiotte, messieurs.

Tandis qu'il parlait de sa voix extraordinaire, ses pas traînants l'amenèrent près du jeune officier qu'il avait déjà apostrophé. L'autre ricana nerveusement. Le bras d'Igor se détendit alors dans une trajectoire si rapide que personne ne comprit ce qui se passait. L'homme qui lui faisait face s'effondra aussitôt, suffoquant, la gorge écrasée par la manchette qu'il venait d'encaisser.

— Je t'avais dit d'arrêter de sourire. *Ti govniouk*[9], lui lança Igor avant de lui cracher nonchalamment dessus et de relever la tête d'un air bravache.

Son regard refit le tour de l'assistance. Aucun visage n'arborait plus le moindre sourire moqueur. Vidovich laissa s'écouler quelques secondes de silence avant de ramener l'ordre au sein de l'équipe :

— Nous allons mettre ce petit incident sur le compte d'un malentendu. Mais à l'avenir, si vous frappez encore l'un de mes hommes, je serai obligé de vous mettre aux arrêts, monsieur Zakhraov. Suis-je clair ?

---

9 *Ti govniouk* : tu n'es qu'une merde.

Igor prit son temps pour répondre et, lorsqu'il le fit, sa voix de baryton traînait avec insolence :

— Oui, monsieur.

Tandis que chacun réajustait sa position et tentait d'occuper ses mains un peu tremblantes, le colonel Vidovich se leva pour mettre fin à la réunion. Soulagés, les autres officiers l'imitèrent pour le saluer.

Igor aimait tuer. S'il n'avait pas été militaire, il aurait probablement mis ses talents au service du crime organisé. Podolskaïa, une organisation criminelle de la région de Moscou, l'avait discrètement approché en lui proposant une fortune pour qu'il démissionne de l'armée. Mais, bien qu'il s'en défende, Igor aimait l'ordre, il aimait le cadre formel dans lequel il travaillait. Par-dessus tout, il aimait narguer la hiérarchie des services qui appréciaient tant ses capacités.

Trois jours plus tard, alors que le moindre détail avait été passé en revue, Igor quitta le Bunker[10] dans une voiture banalisée. Chacun des faits et gestes des agents russes était filmé, répertorié et suivi avec un professionnalisme irréprochable par leurs homologues américains. La parade était tout aussi bien organisée. À l'aide de véhicules complices et d'un système de brouillage informatique embarqué dans le coffre, la voiture qui emportait Igor ne mit qu'une dizaine de minutes à se débarrasser des Américains qui la surveillaient. Une simple routine. Igor se fit alors déposer près d'un autre véhicule qu'il emprunta seul. Par précaution, il prit d'abord la direction de Massachusetts Avenue. Et lors-

---

10 Bunker : surnom de l'ambassade de Russie à Washington.

qu'il eut la certitude que les agents du FBI étaient partis à la poursuite d'un leurre, il obliqua vers Dupont Circle, un quartier chaud où les homosexuels de Washington avaient leurs habitudes.

Il abandonna son véhicule à la station de Cleveland Park pour s'engouffrer dans le métro. Sur la ligne rouge, une seule station, Woodley Park, le séparait de Dupont Circle. Il émergea du métro aussi calmement qu'un bureaucrate venant de terminer sa journée au bureau. Savoir se fondre dans le paysage était l'un de ses fondamentaux.

Tiby Fergusson avait emprunté la même ligne quelques minutes plus tôt. Il était également descendu à Dupont Circle avant de se diriger vers le *Bier Baron Tavern*, inconscient du regard d'un agent qui suivait ses faits et gestes afin de les rapporter à Igor par l'intermédiaire d'une oreillette.

Tiby se hissa sur l'une des chaises hautes qui bordaient l'épais comptoir de bois verni. Excepté quelques détails de décoration, comme les pans de mur, face au bar, vulgairement tapissés de boîtes de bière écrasées, tout était en bois vernis dans cette taverne rustique. Il adressa un sourire complice à l'éléphant de porcelaine qui trônait sur l'une des étagères du bar. Un éléphant rose. L'objet servait de balise, de panneau, de point de ralliement pour les hommes en chasse. L'œil de Fergusson dériva ensuite vers la multitude de drapeaux multicolores qui ornaient le bandeau de bois surplombant sa tête aux cheveux courts et impeccablement peignés. Un bar comme un autre, presque comme un autre, chaleureux, au mauvais goût rassurant, typiquement américain, apte à satisfaire le patriote qu'il était.

Radio-éléphant fonctionna rapidement. Un rabatteur qu'il connaissait bien vint s'asseoir à ses côtés et engagea la conversation :

— Alors, ma grosse bite tordue, on a besoin d'un câlin ?

— Un peu d'élégance, ma jolie. Tu sais que je n'aime pas tes façons.

— Oh, ça va, monsieur le baraqué. Tu ne vas quand même pas me torturer ici, maintenant ? Remarque… je ne suis pas contre.

— Ferme-la, Gueule d'Amour, tu me fatigues.

Tiby venait d'attraper le cou du minet qu'il serrait avec un plaisir évident.

— Lâche-moi… S'il te plaît… Tu me fais mal, dit le petit homme.

— Faudrait savoir ce que tu veux.

Il desserra sa prise comme à regret avant de se tourner vers le barman :

— Un cognac pour moi. Monsieur ne prend rien.

— J'ai de l'extra pour toi, dit le rabatteur, le souffle encore court.

— Je serai où tu sais dans un quart d'heure.

Le mal nommé Gueule d'Amour quitta le comptoir aussitôt. Tiby resta accoudé au bar sous l'œil goguenard du barman. Pour imposer le respect, il était rare que Tiby ait besoin de faire la démonstration des compétences qu'il avait acquises auprès des forces spéciales.

La perfection de son corps puissant témoignait pour lui. Sous son regard sévère, le barman adopta un air neutre et essuya ses verres d'un air subitement affairé. Tiby espérait que le rabatteur lui avait trouvé quelque chose de vraiment spécial. Ses virées nocturnes étaient parfois décevantes. Il lui était de plus en plus difficile de trouver son plaisir.

Il finit par régler sa consommation et se lever avec une fluidité qui témoignait de ses activités sportives. Il courait et nageait plusieurs fois par semaine. Un esprit tordu dans un corps sain, songea-t-il dans un moment d'autodérision. Il sortit du bar comme un fauve et se faufila au pas de course parmi les piétons. La perspective du moment qui l'attendait excitait à présent son imagination, lui faisant passer en revue les scènes les plus torrides que ses débauches récentes lui avaient permis de vivre.

Il arriva rapidement devant la façade criarde du *Charybde and Sylla*[11] qui le classait au premier coup d'œil dans la catégorie des bars pour prostituées. Pourquoi se cacher ? La rue tout entière était dédiée au même genre de commerce, et les badauds qui la fréquentaient ne cherchaient rien d'autre que du sexe sous des variantes qu'un guide des meilleures pratiques pornographiques n'aurait pas osé décrire. Se fondre dans la masse était le meilleur moyen de rester incognito. Dans ce quartier particulièrement chaud

---

11 Charybde et Scylla sont deux monstres marins de la mythologie grecque. Cette légende est à l'origine de l'expression « tomber de Charybde en Scylla », qui signifie « aller de mal en pis ».

de Washington, le *Charybde and Sylla* était le top de la défonce, toutes formes confondues. Pour ses deux charmants propriétaires qui s'aimaient d'un amour tendre, et contrairement à ce que laissait entendre le nom de l'établissement, les choses allaient de mieux en mieux depuis quelques années.

Tiby pénétra dans la salle principale, noire de monde. Un relent d'odeurs corporelles incommodantes agressa aussitôt ses narines sensibles. Il songea à la légende selon laquelle les hommes préhistoriques utilisaient les odeurs pour distinguer leurs amis de leurs ennemis, et se dit qu'il n'avait probablement que des ennemis dans cette salle. Il s'adressa au caissier pour avoir le numéro de la chambre où Gueule d'Amour lui avait réservé sa surprise. L'étage comportait dix alcôves qui servaient aux passes, le plus illégalement du monde. Mais la police était, disait-on, assez largement arrosée pour fermer les yeux.

Au fond de sa chambre tapissée de tentures rouges délavées, Igor Zakhraov commençait à s'impatienter. Les appliques baroques qui éclairaient poussivement la pièce auraient pu faire croire qu'il se trouvait dans le château du comte Dracula. Allongé sur un sofa fatigué, Il contemplait un espalier de gymnastique qu'on avait destiné à d'autres usages, à en croire les accessoires qui y pendaient, chaînes, anneaux et liens de toutes sortes. Cet espalier lui inspirait des idées amusantes. Il avait opté pour le torse nu, afin de mettre en valeur son aspect juvénile et la pureté de son grain de peau. Il avait toutefois conservé son pantalon et ses chaussures de marche en cuir épais qu'il aimait garder aux pieds en toutes circonstances. Au creux de ses reins un poignard commando était glissé sous son gros ceinturon.

Tiby marqua une pause derrière la porte, le souffle court et le sexe déjà rigide à l'idée de ce qu'il allait découvrir. Il fit durer son supplice aussi longtemps qu'il le put, puis finit par frapper.

La chaleur sensuelle de la voix de baryton qui l'invita à entrer lui retourna les sens. L'accent slave qu'il y avait cru y déceler ne gâchait rien à son plaisir. Chauffé au rouge, Tiby ouvrit brusquement la porte et s'avança d'un pas vif. Il affectionnait cette sorte d'entrée théâtrale, habitué à ce que sa beauté et sa carrure impressionnent au premier regard. Mais cette fois, c'est lui qui fut ébloui par la silhouette qui lui faisait face, installée en *Penseur* de Rodin, le toisant sans broncher. Un ange incarné, c'est l'image qui s'imposa aussitôt à son esprit. Un ange sombre, déchu sans doute, compte tenu du demi-sourire cruel qui ornait son visage. Tiby referma la porte derrière lui.

Igor avait longuement répété son numéro, s'inspirant d'un show gay qu'il avait vu à Paris. Il se leva lentement, capturant le regard de Tiby par le charme gracieux de ses gestes déliés. Igor Zakhraov, expert émérite en camouflage, savait pouvoir égaler les meilleurs travestis professionnels. Il se déhancha à la façon des acteurs japonais de kabuki, la main pliée devant son torse imberbe qu'il caressait du bout de ses doigts manucurés, puis se mit à chanter en français, jouant de sa voix extraordinaire : « Je suis un homme, je suis homme, quoi de plus naturel en somme… »

Tiby était pétrifié, les mains légèrement écartées du corps, dans l'attitude qu'il avait adoptée au moment de son entrée. Son regard dévorait Igor qui continua à se déhancher tout en tournant autour de lui avec une grâce infinie.

— Appelle-moi Mike, susurra Igor en posant ses lèvres sur l'oreille de sa victime.

— Et d'où te viens ce charmant accent, parvint à articuler Tiby lorsqu'il recouvra ses esprits.

— Mon père était originaire de Saint-Pétersbourg. Il parlait français. J'ai grandi ballotté d'un pays à l'autre, en garde alternée, entre mon père et ma mère. Mais je pourrais peut-être te parler de mes origines une autre fois ?

— Tu as raison, dit Tiby en s'approchant pour humer cet homme qui sentait si bon.

Igor esquiva le baiser que l'autre s'apprêtait à lui voler. S'éloignant de quelques pas, il désigna l'espalier du regard, un air trouble accroché à ses yeux d'acier. Tiby gloussa et se déshabilla aussitôt pour se rendre « au supplice », le « mât de misaine » fièrement dressé à la proue de son bassin, persuadé que son sexe tordu excitait l'apollon. Igor lui attacha les mains sur une barre haute et se pencha pour lui lier les pieds. Il sentit le sexe de sa proie, déjà humide, qui le frôlait. Il frissonna, il était temps d'en finir.

— Je suis prêt, Mike, je suis à toi, murmura Tiby en se tortillant de désir.

Igor s'approcha en souriant et lui appliqua lentement un bâillon sur la bouche. Lui aussi, à présent, ressentait une excitation de plus en plus puissante. Une excitation d'une nature bien différente de celle qui agitait l'américain. L'appel du sang. Tiby offrait son corps comme un martyre, c'était si rare, c'était si bon ! Igor lui planta son Taïga[12] à la base du cœur et l'enfonça jusqu'à la garde. Lorsqu'il le retira, le sang se mit d'abord à sourdre doucement, puis il jaillit au rythme des dernières pulsations du cœur blessé, pulsations qui ne tardèrent pas à s'espacer les unes des autres. Figé, épinglé comme un papillon, les yeux révulsés, sa victime émettait une longue plainte que le bâillon étouffait. Aussi brusquement qu'il avait percé sa poitrine, Igor lui trancha la gorge d'un revers de machette. C'était sa signature.

La dernière sensation de Tiby fut le parfum délicieux qui émanait de son bourreau à l'apogée de l'excitation. *Cette théorie sur les odeurs est une connerie*, eut-il à peine le temps de penser avant de mourir.

Igor contempla son œuvre avec satisfaction, jouissant encore de l'intensité du moment qu'il venait de vivre. Puis il se rassit calmement sur le sofa sur lequel il renversa le contenu de sa sacoche et, à l'aide du matériel qu'il avait prévu à cet effet, se nettoya du sang qui l'avait souillé. Puis il changea son pantalon et renfila sa chemise. Avant de quitter les lieux, il appela son référent pour signaler la réussite de l'opération. Il avait déjà hâte de préparer sa prochaine mission : l'élimi-

---

12 Taïga : couteau machette, également surnommée STRO (Survival Tool for Rescue), une arme redoutable appréciée des *spetsnaz*.

nation de Peter Roberto. Cela l'obligerait à se rendre à Chicago. Pourquoi pas ?

Trois jours plus tard, à Chicago, le professeur Roberto était installé avec une tablée de jeunes universitaires. Depuis la montée de la crise entre les États-Unis et la Russie, il avait pris l'habitude de regarder et de commenter les nouvelles avec ses étudiants.

Un journaliste commentait des images d'expulsions de diplomates russes et celles de diplomates américains à Moscou. L'assassinat de Tiby Fergusson avait sérieusement dégradé les relations américano-russes. La Garde nationale avait pris position autour de l'ambassade russe à Washington. À Moscou, l'Armée rouge faisait de même autour des bâtiments américains. La crise venait encore de monter d'un cran. On comptait les points. Le journaliste expliquait que Tiby Fergusson était le sixième agent ou spécialiste militaire qui venait d'être retrouvé la gorge tranchée. On s'interrogeait sur l'identité du nouveau *serial-killer* que les différents indices s'accordaient à désigner comme un agent secret russe. Le congrès américain avait validé la décision d'expulser un maximum de collaborateurs de l'ambassade de Russie, en raison des derniers événements gravissimes.

Sur les images télévisées qui montraient un tarmac où attendait un Tupolev, Peter examina les visages des Russes indésirables en partance, tentant de discerner si l'une de ses connaissances scientifiques faisait partie du lot. Mais les visages que la caméra parvenait à saisir évoquaient plutôt le milieu militaire que celui de l'administration ou de la science.

Une silhouette frêle et gracieuse détonait toutefois au milieu des corps musclés que l'avion embarquait. *Voilà peut-être le seul vrai diplomate du groupe*, songea Peter sans mesurer son erreur.

Dans les eaux territoriales japonaises

Février 2017.

Le petit bateau de pêche artisanale flottait comme un bouchon sur l'océan Pacifique, au large de la ville d'Hitachi et à quelques dizaines de kilomètres de Fukushima, malgré des taux de césium radioactif hors normes et un temps incertain. Normalement limité à une pêche dans un rayon de douze miles, il était très loin des côtes. Les petits patrons-pêcheurs n'hésitent pas à affronter le grand large lorsque leur survie en dépend. Le capitaine Tadatoshi se débattait dans une mer forte pour rester à flot. Il revenait d'une campagne de pêche au cabillaud et aux coquilles Saint-Jacques lorsqu'il avait été happé par le mauvais temps. Deux heures plus tôt, une vague scélérate était parvenue à submerger le pont. Un gros paquet d'eau s'était faufilé dans les cales, noyant l'électronique de son moteur principal. Comme un fait exprès, le moteur électrique auxiliaire donnait à présent de sérieux signes d'essoufflement.

Le *Shinei Maru n°666* était proche de la perdition ; les cent cinquante chevaux du moteur électrique ne pourraient pas remplacer les six cent cinquante chevaux du moteur au gas-oil dans cette « patouille ». Tadatoshi se sentait seul, malgré la présence de ses deux membres d'équipage. Les deux hommes étaient avant tout des pêcheurs. Ils n'avaient aucune notion théorique de navigation et encore moins de mécanique.

Le coup de grâce ne tarda pas. Le vent avait forci et la mer avait encore grossi quand le moteur électrique finit par lâcher. Une fumée âcre envahit le chalutier. Les bobines surchauffées du vaillant petit moteur avaient fini par prendre feu. Ne pouvant plus garder son cap, le bateau se mit à faire de violentes embardées sous l'assaut des vagues. La deuxième d'entre elles jeta le plus jeune des deux équipiers par-dessus bord.

Agrippé au pont, Tadatoshi lui lança une bouée de sauvetage en désespoir de cause. Il savait que son matelot était perdu. S'il avait eu l'occasion de lire la Bible, le capitaine aurait peut-être caressé l'espoir que cette vie offerte en tribut calmerait les éléments, comme cela avait été le cas pour Jonas. Mais Tadatoshi n'avait pas lu la Bible. Il n'espérait plus rien.

Le patron jeta un regard d'adieu au vieux marin-pêcheur rescapé qui tenait le rôle de bosco sur son navire. L'homme organisait le travail à bord et coordonnait les manœuvres inhérentes à la mise en œuvre du matériel de pêche. Pour l'heure, engoncé dans son ciré, il tentait d'amarrer sur le pont tout ce qu'il pouvait. Il n'était pourtant pas dupe. Expérimenté comme il était, il avait sans doute compris depuis longtemps qu'une fin tragique les attendait. Les mots étaient vains.

Tadatoshi retourna sur la passerelle afin de vérifier la bonne marche des systèmes de communication. Un S.O.S. était lancé en boucle depuis la défaillance du premier moteur.

L'équipement électronique sophistiqué du bord fonctionnait à merveille, mais aucun moyen de secours ne pourrait les sortir du pétrin dans lequel ils étaient, malgré une position parfaitement identifiée par le deuxième quartier général des garde-côtes de Shiogama qui avait accusé réception de l'appel. Un Super Puma de la garde côtière avait même été envoyé pour tenter de rallier le petit chalutier, mais il avait dû faire demi-tour quand les conditions de vol s'étaient aggravées.

Le chalutier n'était plus qu'une pauvre petite chose ballottée en tous sens sur la mer furieuse. Lorsqu'il émergeait sur le sommet de l'une des montagnes liquides qui jouaient avec lui, son capitaine constatait à quel point la limite entre le ciel et l'eau devenait floue. À chaque fois que le navire glissait au creux d'une vague, Tadatoshi avait le sentiment de se retrouver dans un puits, ou dans le pas d'une baleine gigantesque[13]. Il aurait fait n'importe quelle promesse aux dieux pour que les éléments se calment.

Dans les abysses que le bateau survolait, énervés par le vacarme qui régnait en surface, ou dérangés par

---

13 Le pas de baleine est évoqué dans *La baleine dans tous ses états* de François Garde. C'est l'empreinte arrondie laissée dans l'eau par la plongée du cétacé.

quelques prédateurs, des monstres des profondeurs s'agitaient en silence.

À présent qu'il n'avait plus aucune raison d'économiser la batterie, le patron du chalutier sollicitait désespérément le démarreur dans l'espoir de faire repartir le moteur à gas-oil. Entre deux tentatives, il aperçut une masse monumentale émergeant dans un creux de vague et pensa aussitôt à un calmar géant chassé par un cachalot. La présence de canyons sous-marins à proximité et l'existence de courants d'eaux froides étaient propices à la présence de cachalots et d'architeuthis, ces céphalopodes géants que le langage courant baptise « rois des calmars »[14].

---

14 Les canyons sous-marins constituent l'habitat privilégié des calmars géants. Ce sont des lieux où ils peuvent se cacher facilement de leurs prédateurs. La côte orientale du Japon comporte un grand nombre de sites de ce genre. En 2004, Tsunemi Kubodera, du Musée national de la nature et des sciences de Tokyo, et Kyoichi Mori, de l'Association d'étude des baleines des îles Ogasawara, ont utilisé les connaissances réunies sur les zones fréquentées par les cachalots dans le Pacifique nord-occidental pour y filmer deux architeuthis vivants. L'un a été observé en septembre 2004, par 900 mètres de profondeur, en train de capturer un appât placé là par les chercheurs ; l'autre, une femelle de 3,5 mètres et 50 kilogrammes, a été capturée en surface en décembre 2006, mais n'a pas survécu.

La particularité des calmars géants est justement représentée par leur taille. Pour quelles raisons ces calmars sont-ils si développés ? Une espèce est de grande taille soit parce qu'elle vit longtemps, ce qui lui permet d'atteindre sa taille après une longue période de croissance, soit parce que son taux de croissance annuel est important. Les grandes profondeurs favorisent-elles le gigantisme ? La

Tadatoshi était passionné par ces monstres. Trois ans plus tôt, il avait eu l'occasion d'en remonter un de belle taille. La presse locale avait attribué à sa prise le titre de « monstre-mutant de Fukushima ». Tadatoshi en avait été fort contrarié, car il connaissait l'existence de ces géants depuis toujours. Son calmar géant n'était pas un mutant, mais un animal des profondeurs dont la longévité avait permis de croître dans des proportions inhabituelles le long des côtes. Les Tadatoshi étaient pêcheurs de père en fils depuis des lustres. Ils n'ignoraient rien de ce genre de chose.

L'instinct de survie du capitaine lui ordonna de reprendre ses manœuvres de dépannage, mais ses yeux ne pouvaient s'empêcher de balayer la surface de l'eau pour tenter de revoir le monstre qui rôdait autour de son bateau.

Il finit par descendre dans le compartiment moteur pour tenter de maîtriser l'incendie que ses voyants d'alarme lui signalaient. Le feu qui avait achevé le moteur électrique s'était probablement propagé dans l'habitacle qui l'entourait. Bien que le ballottement du navire fût moins sensible en fond de cale, ses secousses

---

question se pose, d'autant qu'il existe d'autres exemples d'animaux géants dans les profondeurs.

Les scientifiques pensent que les calmars ont une croissance lente, mais exponentielle depuis la naissance. Cela serait plus à même de donner une grande taille qu'une croissance rapide, mais courte. Cette hypothèse va dans le sens d'une durée de vie plus importante chez les calmars géants que chez les autres céphalopodes. Leur durée de vie ne serait toutefois que de quatre ans.

étaient d'autant plus traîtresses qu'il n'avait plus aucun moyen de les anticiper. Toussant dans l'épaisse fumée qui inondait les soutes, il manqua par deux fois de s'assommer contre les parois ou les conduits qui tapissaient le plafond de la cale.

Malgré la situation, sa pensée était absorbée par le calmar qu'il avait aperçu. Quel âge pouvait-il avoir ? De petite taille près des côtes, les calmars grossissent d'une manière exponentielle en s'enfonçant progressivement dans les profondeurs jusqu'à mille cinq cents mètres. Plus les eaux sont froides plus leur croissance semble importante.

Tadatoshi tenta de calculer la quantité de nourriture qu'un géant comme celui-là pouvait ingérer chaque jour. Le calmar a pour coutume de surgir de nulle part pour capturer ses proies et les anesthésier avant de les ingurgiter. En s'aidant des huit tentacules qu'il utilise comme des nageoires, il peut foncer à une vitesse vertigineuse. Au cours de ses premiers mois, il se nourrit de krill, avant de pouvoir attraper des crevettes adultes, puis des poissons. Que peut-il bien dévorer, lorsqu'il atteint la taille de celui-là ?

Il se secoua pour tenter de se débarrasser de son obsession. Il commençait à se sentir paralysé par sa peur enfantine. Il ne l'aurait avoué à personne, mais les petits encornets qu'il lui arrivait de rapporter de ses pêches l'épouvantaient depuis toujours. Il ne les manipulait qu'avec une fascination angoissée et ne supportait pas de regarder leurs grands yeux presque humains. À quoi pouvait ressembler un calmar aussi monumental ? En théorie, rien ne le distinguait d'un calmar ordinaire, à part sa taille. Celui qu'il avait remonté quelques années plus tôt faisait dix fois la taille d'un animal commun et pesait près de deux cents kilos. À en croire la dimension des tentacules qu'il avait entraperçues, celui qu'il venait de voir était encore cinq à dix fois plus imposant.

S'il réchappait de cette tempête, Tadatoshi raconterait ce qu'il venait de voir aujourd'hui. Il espérait bien donner des conférences sur le calmar, une fois à la retraite.

Université d'État de Chicago,
salle de réunion du BSA

Février 2017, quatre jours avant le naufrage
du Shinei Maru n°666.

Les principaux adhérents de l'association des membres du *Bulletin des scientifiques atomistes* se réunissaient quotidiennement depuis un mois. Ils venaient de prendre la décision de caler la pendule à minuit moins quelques secondes, mais ils ne diffuseraient pas l'information. Le monde entier était déjà au courant de l'imminence d'un cataclysme nucléaire.

« Si quelqu'un perd son sang-froid durant cette période surchauffée, nous n'allons pas survivre aux années à venir », avait déclaré Mikhaïl Gorbatchev, alors âgé de 83 ans, dans un journal allemand[15]. Sa déclaration prenait l'allure d'une prémonition. La situation ne faisait qu'empirer, le monde était au bord du chaos. Des premières salves de missiles intercontinentaux avaient été tirées. Il ne s'agissait – pour le moment

______

15 *Der Spiegel* du 10 janvier 2015.

– que d'armes à faible rayon de destruction, mais l'escalade en cours augurait du pire.

Bien qu'aucune annonce officielle n'ait encore été faite en ce sens, la troisième guerre mondiale était bel et bien commencée. D'accrochage en accrochage, d'incident en incident, le pugilat devenait incontrôlable. Depuis plus d'un mois, les délégués de la Mission permanente des États-Unis à l'ONU étaient réunis nuit et jour. Les cinq membres permanents du Conseil de sécurité[16] s'invectivaient à chaque réunion sans trouver de solution. Après chaque nouvelle agression de la Chine et de la Russie, les trois autres pays annonçaient – par l'intermédiaire du représentant américain – la mise en place d'une nouvelle riposte conventionnellement graduée, afin d'assurer la protection des intérêts américains et ceux de ses alliés. Chacun avançait ses pions afin d'acquérir un avantage militaire sur le terrain. Les dégâts étaient déjà considérables et les habitants de la planète en feu vivaient dans la terreur, dans l'angoisse de faire partie des dégâts collatéraux qui résulteraient de la destruction de la cible suivante. Dans la plupart des pays les zones à risques, autour des centrales nucléaires, des bases militaires, des barrages et des ambassades, étaient désertées ou évacuées de force depuis plusieurs semaines. L'exode des populations soulevait des difficultés ingérables.

---

16 Sont reconnus comme États Dotés de l'Arme Nucléaire (EDAN), les cinq États ayant fabriqué ou fait exploser une arme nucléaire ou tout autre engin nucléaire avant le 1er janvier 1967. Les cinq EDAN sont les États-Unis, la Russie, le Royaume-Uni, la France et la Chine.

La région de Chicago est située au centre du Midwest. Les membres du BSA savaient mieux que quiconque ce qu'annonçait Doomsday Clock en s'approchant de minuit. Ils auraient droit aux frappes parmi les plus dures. La région serait probablement vitrifiée par des bombes thermonucléaires. Les ripostes militaires dissuasives graduelles usant d'armes conventionnelles avaient été épuisées. On avait pu constater l'efficacité du bouclier antimissile qui avait limité les dégâts sur le sol américain au regard de ceux infligés aux agresseurs. Mais le revers de ce succès était le risque d'une montée en puissance de la riposte. Les Minuteman, des missiles balistiques intercontinentaux américains à ogive nucléaire, étaient désormais en état d'alerte maximale. Ces armes faisaient partie du système de réponse automatique qui les amènerait à être simultanément activées si une seule d'entre elles était détruite au cours d'une attaque. Des systèmes comparables étaient sans le moindre doute en fonction dans le camp adverse.

La réponse aux agressions russes était cornélienne pour les Européens. Les Russes étaient sur le même continent qu'eux et les nuages toxiques ne s'arrêtent pas aux limites géographiques des États. Anglais et Français avaient le doigt sur la gâchette de l'arme nucléaire, mais ils craignaient une invasion des troupes russes qui étaient aux frontières de l'Allemagne. Les dégâts infligés au continent étaient déjà tels qu'un pacte de non-agression venait d'être signé avec la Russie et la Chine. Ce pacte avait été approuvé par l'OTAN sous prétexte que cette organisation n'était pas destinée à prendre en charge des crises internationales en dehors du périmètre géographique et opérationnel qui lui avait été assigné pendant la première guerre froide. L'Europe, frontalière avec la Russie, n'avait pas la même vision du conflit que les Américains.

Ce jour-là, les plus grands spécialistes du monde s'étaient réunis à l'université de Chicago autour de Peter qui avait pris du galon. Bien qu'il fut entouré du gratin du Centre d'information de la défense de Washington, comme des membres de l'Internationale des physiciens pour la prévention de la guerre nucléaire, ses compétences l'avaient porté au pinacle de l'assemblée. Ses interventions étaient considérées comme fondamentales. Sa dernière conférence sur les conséquences de l'utilisation des armes atomiques avait démoralisé l'Assemblée des sages.

Les savants faisaient le constat de leur impuissance après un énième débat lorsqu'un brouhaha incroyable venant de l'extérieur les fit sursauter. En principe, des gardes veillaient au bon déroulement des réunions. Personne n'avait l'autorisation de pénétrer dans l'aile du bâtiment qui les abritait.

Trois officiers de l'USSC[17] firent pourtant irruption dans la salle, escortés par des hommes des forces spéciales. Les savants, interloqués, se levèrent dans un ensemble parfait. Certains eurent le réflexe de lever les bras comme de vulgaires malfaiteurs en cours d'interpellation. Le plus haut gradé des officiers qui venaient d'entrer – rien moins qu'un général – ordonna aux hommes qui tenaient les scientifiques en joue de

____

17 USSC : United States Strategic Command.

retourner dans le couloir. Il resta dans la salle avec les deux autres gradés. Lorsque le calme fut enfin revenu, il s'adressa aux scientifiques affolés :

— Messieurs, je vous prie d'excuser cette irruption brutale dans votre prestigieuse académie. La situation d'urgence que nous vivons ne m'a pas permis de faire autrement. Je vais être direct : je suis ici afin de recruter deux d'entre vous pour une mission confidentielle. En dehors du professeur Peter Roberto et du docteur Adam Smith, je vous demande de quitter cette pièce immédiatement. Merci de votre compréhension.

Les savants quittèrent la pièce sans discuter. Pendant que la salle se vidait, le général colla son index sur ses lèvres pour faire comprendre aux deux civils désignés qu'ils devaient garder le silence. Le plus jeune des trois officiers finissait d'installer du matériel électronique sorti d'une valise métallique dès leur arrivée fracassante.

Lorsqu'il fit signe que tout était en ordre, le général reprit la parole :

— Merci de votre patience. Cette pièce est désormais sécurisée. Nous sommes dans une cage anti-ondes qui nous garantit une parfaite confidentialité. Venons-en à l'essentiel. Je vais être bref. Je ne vous demande pas si vous êtes disposés à collaborer. Vous n'avez pas le choix. Vous êtes, dès cette minute, au service de votre pays. Je suppose que vous avez épuisé la lecture de toute la littérature consacrée aux réponses aux crises d'un point de vue opérationnel. Nous allons devoir utiliser notre Dernière Cartouche.

— En quoi consiste-t-elle ?

— La Dernière Cartouche, c'est le nom que nous avons donné à notre dernière option en cas de conflit.

Le général leur tendit un écran qui avait l'allure d'une vulgaire tablette informatique.

— Ceci est une tablette mise au point par nos services. Il n'existe que quatre exemplaires de ce terminal qui peut aussi être utilisé à part entière comme un PC de contrôle. Le premier exemplaire est à mon PC Air Force Base dans le Wyoming. Il en existe un autre au Pentagone à la disposition du chef suprême des forces armées, notre président. Je vais vous confier les deux autres. Pour cela, j'ai dû prendre la décision d'en priver la Malmstrom Air Force Base dans le Montana, et le Minot Air Force Base dans le Dakota du Nord. Je ne veux pas vous mettre la pression, mais vous allez détenir la clé de l'arme la plus sophistiquée que l'homme n'a jamais conçue.

Il s'éclaircit la gorge, puis reprit, l'air grave.

— Vous allez visionner une présentation du système et apprendre tout ce que vous avez besoin de savoir sur son état de marche, en déplacement, en phase de tir, sa position, etc. Je ne vous en dis pas plus. Vous allez tout comprendre en regardant notre petit film. Major Thomson, lancez la démonstration s'il vous plaît.

Les deux savants s'installèrent devant l'écran tandis que les militaires, debout, presque au garde à vous, observaient leurs réactions. Dès les premières images, les scientifiques furent captivés et abasourdis par ce qu'ils découvraient. Lorsque la démonstration arriva à son terme, le major appuya sur une touche de l'écran tactile dans un silence glacial. L'arme fut affichée avec sa localisation géographique exacte et des précisions sur sa procédure de mise à feu.

— C'est une folie, murmura Peter, tandis que le docteur Adam Smith demeurait figé dans un silence horrifié.

Le général ne leur laissa qu'une courte minute pour se remettre de leurs émotions. Puis il enchaîna :

— Vous allez et vous devez comprendre rapidement la mission que nous vous confions. Vous êtes les personnes les plus qualifiées pour expliquer à nos adversaires ce que la mise à feu de cette arme implique. Vous saurez facilement les convaincre qu'il n'y a aucune parade possible. Vous avez été choisis parce que vous, Roberto, vous êtes déjà connu à Moscou et qu'un de vos amis, le professeur Dimitri Gasnov, proche du « tsar » du Kremlin, est en mesure de vous faciliter la tâche. Vous avez déjà compris, docteur Smith, que c'est pour vos connaissances et votre parfaite maîtrise du mandarin que vous avez été préféré à certains de vos collègues. Vos familles sont prises en charge par nos services en ce moment même. En sortant de cette pièce, vous serez conduits à vos avions. Vos effets personnels, vos médications et tout ce dont vous aurez besoin ont déjà été répertoriés et préparés. Le colonel Washington, chargé de la logistique, va vous escorter et vous expliquer les derniers détails pendant votre transfert.

Pressé par les hommes qui les guidaient hors de l'université, Peter se passa en revue le principe de la stratégie qu'on venait de leur présenter : lorsqu'il aurait exposé le fonctionnement de l'arme ultime aux dirigeants russes, il resterait à ces derniers trois minutes pour ordonner l'arrêt immédiat des opérations militaires en cours. Ces trois minutes-là n'avaient rien à voir avec celles de Doomsday Clock. C'était un délai sans élasticité. Une fois la gâchette de la Dernière Cartouche enclenchée, les secondes s'égrèneraient sans répit jusqu'à la fin du monde… ou jusqu'à la cessation complète des hostilités, si la sagesse des hommes finissait enfin par l'emporter.

Le général venait de déposer l'avenir de la planète entre ses mains et celles d'Adam Smith. Un plan totalement insensé, à la mesure de la crise qui frappait le monde.

Incapable de réfléchir plus longtemps à la responsabilité qui pesait désormais sur lui, Peter imagina les difficultés que les agents militaires allaient rencontrer avec madame Roberto lorsqu'ils tenteraient de la convaincre de quitter la maison sans son chat et sans sa boîte à couture. Elle allait sans doute les obliger à boire un thé afin de discuter de tout ça. « Mes pauvres enfants, vous devriez vous poser un peu et arrêter de jouer à la guerre, vous avez l'air tellement fatigué… »

De son côté, le docteur Adam Smith demanda la permission d'appeler sa fille. Un non catégorique lui fut sèchement signifié. Tandis qu'ils traversaient les bâtiments de l'université, les hommes des forces spéciales qui les accompagnaient, tendus à l'extrême, pointaient les rayons de leurs visées lasers dans chaque recoin. Il n'y avait qu'une chose à faire : avancer.

La veille du naufrage du Shinei Maru n°666.

Madame Suko Tadatoshi s'était rendue à Seaside Park. Le parc était toujours un régal pour les yeux, quelle que soit la saison. En été, il se vêtait d'un tapis de fleurs rouges parsemé de vert, tandis que l'automne y déployait une gigantesque couverture orange. Au printemps, comme ce jour-là, c'était le violet qui dominait. Sa couleur préférée. Il ne subsistait aucune trace du tsunami qui avait ravagé le parc quelques années plus tôt. Les jardiniers avaient fait des merveilles.

Elle avait besoin de calme et ce jardin botanique enchanteur était un merveilleux refuge. Des milliers de touristes y venaient chaque année pour admirer ses floralies merveilleuses. Elle avait la chance de vivre sur place : le parc, situé en bord de mer, était à quelques pas de son domicile. Elle ne se privait pas d'en profiter.

Elle s'assit à même le sol d'une petite allée, en plein milieu d'un champ de fleurs qui se poursuivait de part et d'autre. Âgée d'à peine quarante-cinq ans, madame Tadatoshi était encore une femme magnifique. Sous cette lumière printanière qui soulignait la perfection de son visage, elle prenait l'apparence d'une très jeune fille, une fleur parmi les fleurs, un papillon délicieux parmi ses semblables. Sa peau demeurait aussi fine et lisse que celle d'un bébé. Les ailes de ses narines délicatement ouvertes lui donnaient l'allure d'une biche aux abois. Quelque chose de subtil dans sa posture et dans ses yeux vaguement inquiets renforçait cette première impression. Elle semblait toujours aux aguets, à la recherche d'un abri, d'un passage pour se sauver. La tempête annoncée, alors que son époux était en mer, n'arrangeait rien. Le souvenir de l'abominable tragédie de 2011 était encore trop proche.

Le 11 mars 2011, la nature s'était rebellée contre une humanité qui pensait pouvoir la noyer sous l'asphalte et le béton. Un séisme suivi d'un tsunami avait ravagé le nord-est de l'archipel. Une énorme secousse avait ébranlé cinq cents kilomètres de la côte Pacifique sur plus de deux cents kilomètres de profondeur. On ne pouvait parler d'UN tremblement de terre : il y avait eu une multitude d'épicentres, éparpillés comme un ruban le long des côtes.

Dans la ville d'Hitachi, la première secousse avait eu lieu un peu avant trois heures de l'après-midi. Dans toutes les maisons, la vaisselle et les fenêtres s'étaient brisées. Les chutes d'objets ou de bâtiments avaient causé les premiers blessés et les premiers morts. Quelques heures avant la nuit, lorsque les réseaux électriques avaient lâché, la ville s'était stupéfiée dans un silence trompeur, juste avant que le tsunami, une vague de plus de dix mètres de hauteur, n'écrase ses habitants sur son passage.

Toutes les familles avaient compté des parents disparus ou emportés par la catastrophe. Il y eut ensuite les pénuries en tous genres et la crainte des radiations… Hitachi est située à moins de vingt kilomètres de la centrale de Fukushima Daiichi. Il aurait suffi que le vent souffle vers la ville pour que ses habitants soient mortellement irradiés.

Suko se souvenait des moindres détails. Elle se souvenait du 15 mars. Les secousses s'étaient déplacées vers le sud de Tokyo, près du mont Fuji. Le volcan était susceptible de se réveiller et d'entrer en éruption à tout moment. Le Japon tout entier se mit à trembler, ajoutant à la terreur quotidienne qu'elle éprouvait depuis quatre jours.

Les Tadatoshi n'étaient pourtant pas les plus malchanceux. Certaines villes avaient été entièrement submergées par les eaux. Des voitures s'étaient retrouvées projetées contre la façade des maisons, jusque sur les toits, par la force des vagues déferlantes qui avaient parfois pénétré jusqu'à cinq kilomètres à l'intérieur des terres.

Des survivants avaient trouvé refuge sur les toits des immeubles en attendant les secours et agitaient des drapeaux au passage des hélicoptères. Elle ne pouvait pas chasser ces images qui hantaient encore son esprit jusque dans ses rêves. Le lendemain du tsunami, elle avait passé des heures à rechercher sa tante et sa nièce dans les décombres. L'une des scènes qui revenaient le plus souvent à sa mémoire était celle du port d'Hitachi où des centaines de voitures en feu avaient offert une vision de l'enfer sur terre pendant deux jours. Le quartier des pêcheurs où elle habitait avait été entièrement détruit.

Mais le hasard avait voulu qu'elle survive. Le jour du drame, les Tadatoshi n'étaient pas chez eux. Ils étaient bien plus au sud, dans le sanctuaire Kumano, situé tout près de l'usine d'Hitachi Works à Yamate. Un paradoxe, dans la mesure où le groupe Hitachi Works était l'un des actionnaires et l'équipementier de la centrale électrique qui allait mettre tout le pays en danger.

Mais tout cela était du passé. Après avoir passé l'après-midi dans le parc, Suko se sentait mieux. Il était temps de rentrer chez elle, une modeste demeure construite à la hâte par les autorités pour reloger les sinistrés. Son patron-pêcheur de mari avait également ment été indemnisé pour la perte de son chalutier de construction classique, en acier et bois. Il s'était vu attribuer un navire de pêche moderne avec propulsion mixte et coque en plastique. Cette embarcation, dont la légèreté visait à minimiser les coûts de carburant, semblait bien fragile aux yeux de Suko. Elle n'avait pas confiance en ces nouvelles structures de coque qui lui semblaient incapables de résister à la haute mer lorsqu'elle devenait furieuse. Elle avait vu de ses propres yeux la puissance d'une vague géante attraper et engloutir tout ce qu'elle avait pu atteindre sur le littoral. Désormais, la mer l'effrayait au point qu'une panique incontrôlable la saisissait à chaque départ de son mari.

Elle entra dans sa maison silencieuse et décida de prolonger le moment de sérénité qu'elle venait de vivre par un bain prolongé. Puis elle se vêtit de son plus beau kimono et fit chauffer de l'eau pour le thé, avant de préparer la table basse pour la cérémonie qu'elle célébrait parfois seule, lorsque Hoori n'était pas là.

La table était placée au centre d'une pièce qu'elle avait décorée de façon traditionnelle. Elle considérait cette pièce comme la sienne, même si elle y accueillait fréquemment son mari. C'est là qu'elle venait se recueillir lorsque ses pensées étaient troublées. Aujourd'hui, son époux jouait sa vie pour revenir sur Hitachi. Elle voulait célébrer son courage et l'amour qu'ils se portaient l'un à l'autre.

Les surfaces principales de la pièce étaient recouvertes d'un sol en tatami. Sa partie préférée était un *tokonoma*, une alcôve à parchemins. Elle s'y sentait bien. Il lui arrivait d'y évoluer nue et d'y calmer ses ardeurs, les nuits de solitude. Elle caressait alors son corps ferme en pensant à lui, et lui dédiait le plaisir qu'elle se donnait.

Mais ce soir, c'était une cérémonie du thé qu'elle voulait organiser en son honneur.

Il existe des douzaines de lignes imaginaires et réelles qui traversent les salles du thé. Elles sont par exemple utilisées pour déterminer l'emplacement exact des ustensiles. Dans la petite pièce intime de Suko, ces lignes étaient connues d'elle seule. Ce genre de détails avait une importance essentielle dans son univers. Elle plaça la bouilloire sur le *ro* et disposa le bol à thé afin qu'il soit prêt à recevoir le breuvage, puis s'assit dans la position *seiza*, un terme qui veut simplement dire « être assis correctement ». Après s'être agenouillé, on s'assoit sur ses talons, puis on place les mains entre ses genoux.

Devant elle, un morceau de bambou était posé sur le tatami. C'était l'endroit où s'asseyait monsieur Tadatoshi lorsqu'il n'était pas en mer.

Suko ne put s'empêcher de fondre en larmes lorsqu'elle versa le breuvage devant le bambou vide.

Dans l'océan Pacifique en furie
au large de la côte est du Japon

L e *Shinei Maru n°666* était sur le point de som-
brer. Le chalutier à la dérive ne résisterait plus
longtemps aux coups portés par les vagues.
L'incendie provoqué par la surchauffe du moteur électrique avait fragilisé la coque en résine. Elle avait fini
par céder sous les chocs et une voie d'eau faisait désormais gîter l'embarcation qui s'enfonçait de plus en plus.
Le vieux bosco, compagnon d'infortune du capitaine
Tadatoshi, était toujours sur le pont, trempé jusqu'aux
os. Il jeta un coup d'œil vers la passerelle, comme pour
avoir la bénédiction de son supérieur, tout en s'agrip-
pant de toutes ses forces au radeau de sauvetage qu'il
s'apprêtait à larguer.

La capitaine Tadatoshi tentait sa dernière chance
auprès des garde-côtes. L'incendie ayant endommagé
les batteries principales, il avait bricolé l'alimentation
de secours afin de maintenir le matériel de communication en état de marche. Mais l'opérateur du poste
de secours d'Hitachi, ami personnel du capitaine, ne

savait plus quoi lui dire. Après s'être expliqué comme il le pouvait sur l'impossibilité d'une intervention, il conclut son message avec des larmes dans la voix : « Bonne chance, honorable capitaine, il est temps de sauter à l'eau. Adieu, Hoori. »

Tadatoshi reposa le combiné délicatement, comme s'il importait encore d'en prendre soin. Puis il referma la porte de la cabine de passerelle et prit le risque de s'engager dans l'escalier étroit qui descendait jusqu'au pont. Il peinait à se tenir en équilibre. Le chalutier allait se désintégrer d'un moment à l'autre. Le vent, plus fort que jamais, hurlait en traversant les structures du bateau encore à flot. Par moments, l'eau balayait le pont jusque par-dessus la passerelle. Lorsqu'il parvint enfin à rejoindre son employé, il posa brièvement la main sur son épaule afin de lui offrir le peu de courage et d'espoir qui lui restait. Toute autre forme d'échange était impossible. Le vacarme était infernal. À moins d'un mètre l'un de l'autre, les deux hommes se perdaient parfois de vue tant les embruns les fouettaient et les submergeaient.

L'image du monstre marin qu'il avait aperçu un peu plus tôt revint à l'esprit du capitaine. Il savait que la bête était là, en dessous, dans le noir, à quelques mètres de profondeur, épiant probablement l'agonie du *Shinei Maru* sans se laisser secouer par les vagues de surface. À l'instar de la pieuvre, le calmar est l'un des animaux les plus intelligents qui peuplent la Terre. Mais Hoori ne pouvait pas distinguer grand-chose dans la panade qui les entourait. La mer tout entière avait pris l'allure d'un monstre tentaculaire, des vagues gigantesques semblaient se battre les unes contre les autres avec le désir aveugle de broyer et de détruire.

Toujours accroché au radeau de survie, le vieux bosco en frappa le mécanisme de mise à l'eau. L'embarcation chuta de sa potence mais, au moment où l'air comprimé la faisait enfler, un coup de boutoir de l'océan la ramena brutalement sur le pont, fauchant le pauvre homme et l'éjectant par-dessus bord dans la mer déchaînée. Tadatoshi hurla de surprise et de désespoir en voyant la scène. Fallait-il vraiment que la malchance s'acharne à ce point ? Accroché à sa drisse, le canot flottait désormais au vent à la façon d'un cerf-volant, tournant et se débattant comme un chien fou qui cherche à se libérer. La drisse malmenée ne tarda pas à rompre et la dernière chance de survie que représentait le canot disparut aussitôt, absorbée par la grisaille avide qui cernait le navire. Une douleur atroce perfora l'estomac du capitaine, désormais seul à bord. La mort prenait son temps pour venir le chercher, mais elle avançait d'un pas sûr.

Il décida de rester accroché à l'épave aussi longtemps que possible. Avec son gilet de sauvetage pour seul équipement, l'hypothermie viendrait rapidement à bout de sa résistance. Il songea un instant au révolver enfermé dans un tiroir de la timonerie. Mais la timonerie était à présent inaccessible.

Tétanisé, il serrait le bastingage avec tant de force que ses mains en étaient blanchies. Tandis que le bateau s'enfonçait irrémédiablement, il crut avoir une hallucination.

À une trentaine de mètres de lui, deux masses énormes surgirent lentement des profondeurs, l'eau noire, écumante, s'ouvrant autour d'elles. Il ne s'agissait pas de calmars, cette fois, ni de cachalots, ces prédateurs dont il avait supputé la présence, mais de deux sous-marins d'attaque nucléaire. Une vision incongrue et cauchemardesque.

Ces deux colosses d'acier n'étaient certainement pas là pour lui. De toute évidence, ils étaient en opération. Et s'il faisait surface dans ces conditions impossibles, c'est que ce tandem de tueurs redoutables s'apprêtait à passer à l'action, à cracher la mort. Le capitaine reconnut un sous-marin de type Akoula, un nom signifiant « requin » en russe. À en croire les inscriptions que portait le deuxième bâtiment, il était chinois. Les deux pays alliés menaçaient de déclencher la troisième guerre mondiale depuis quelque temps déjà. Tadatoshi comprit que l'heure était venue.

C'était sans doute ces deux sous-marins qui avaient provoqué l'affolement du calmar géant. Hoori n'avait pas rêvé, un céphalopode gigantesque était bien dans les environs.

Le sous-marin chinois était de classe Jin. Si les souvenirs de Hoori étaient exacts, le bâtiment devait être équipé de missiles JL-2 qui avaient une portée de sept-mille quatre cents kilomètres. Pour le patron-pêcheur chevronné, il n'y avait pas de secret concernant ce qui touche à la mer. La navigation sur les eaux japonaises, convoitées par les Chinois et fréquentées par les Russes, nécessitait une connaissance parfaite des navires de surface et des sous-marins qui y croisaient régulièrement. « Si un sous-marin chinois veut lancer ses missiles sur Seattle, il devra pénétrer profondément dans les eaux japonaises », avait-il lu dans un article de la *Federation of American Scientists*. Malgré sa fin proche, Hoori eut une pensée pour Suko. Il aurait voulu qu'elle lui survive, mais l'étincelle qui allait déclencher l'apocalypse, la fin de tout, allait probablement briller devant ses yeux.

Le *Shinei Maru* sombrait pour de bon. Hoori sauta dans l'eau glacée et nagea frénétiquement afin de ne pas se laisser entraîner par les tourbillons qui allaient se former lors de l'immersion. Son instinct ne l'avait jamais trahi. Quelques instants plus tard, l'onde noire avalait le navire dans un horrible bruit de succion.

Détaché de la masse de son bateau qui avait tempéré les caprices des vagues, le corps léger du capitaine se mit à osciller de haut en bas, chutant parfois de plusieurs mètres lorsqu'une déferlante en faisait son jouet. Les énormes sous-marins qu'il tentait toujours d'observer ne lui apparaissaient plus que par intermittence. Il essayait désespérément de les repérer à chaque fois que son corps regagnait un sommet, convaincu d'être le spectateur du début de la fin du monde.

Ils étaient dans son champ de vision lorsque les couvercles des tubes de lancement verticaux sautèrent des deux bâtiments en même temps. Ces orifices pouvaient libérer des salves de missiles terrestres dotés de six têtes nucléaires chacun, totalisant une puissance de destruction cinquante fois supérieure à celle de la bombe d'Hiroshima. Hoori se mit à pleurer. Le feu d'artifice final fut lancé devant ses yeux brouillés par les larmes et l'eau salée. Il vit les missiles grimper vers le ciel en laissant une traînée de fumée orange derrière eux. Il savait que, dans l'ensemble des pays nucléarisés, des ordres de destruction totale allaient se déclencher dès l'instant où ces tirs seraient détectés.

L'arsenal nucléaire est un jeu de dominos. Le premier qui chute entraîne les autres avec lui. D'autres missiles chinois étaient-ils en route au-dessus du pôle Nord afin de vitrifier la côte est des États-Unis ? Et qui tomberait ensuite ? Le Japon allait-il entièrement disparaître ?

Terrorisé et transi par le froid, Tadatoshi se dit – non sans ironie – qu'il avait de la chance. Dans quelques dizaines de minutes, des millions d'êtres humains allaient mourir sans comprendre ce qui leur arrivait, alors que lui, dans la situation particulièrement inconfortable qui était la sienne, assistait à la fin du monde en spectateur privilégié.

Le jour dernier

Quartier des pêcheurs à Hitachi.
Jour du naufrage du Shinei Maru n°666.

*L*e sentiment d'angoisse de Suko était encore plus fort que la veille. Dans sa petite maison du quartier des pêcheurs de Hitachi, elle gardait l'oreille collée à son poste de radio, tandis que la télévision, calée sur un canal d'informations en continu, diffusait l'actualité en silence.

Lorsque des images d'archives du *Shinei Maru n°666* s'affichèrent sur l'écran plat, elle réactiva aussitôt le son qui se mit à hurler dans la pièce. Le film datait du jour du baptême du navire. On pouvait voir Tadatoshi, rayonnant, recevant une clé symbolique de son unité flambant neuve. Elle essuya une larme en réglant le volume du téléviseur. À en croire le journaliste, le chalutier devait être considéré comme perdu. Les techniciens diffusèrent les enregistrements des derniers échanges radio avec la station des garde-côtes. Suko, tétanisée par l'émotion, se laissa tomber sur les genoux lorsqu'elle reconnut la voix de son mari implorant de l'aide. Ses petites mains frappèrent le sol à plusieurs reprises dans une fureur incontrôlable, puis, sans transition, Suko réendossa son apparence calme et fragile et se releva avec grâce.

Elle aimait l'ordre et la propreté. Elle devait prendre un bain. Pour elle, le bain était plus qu'un rituel de transition entre le jour et la nuit. Il était davantage qu'un rituel de purification des pollutions extérieures. C'était *le* rituel, le pivot de son organisation intérieure.

En cela, elle demeurait fidèle à sa culture et à son éducation. Pour beaucoup de Japonais, le bain répond à un besoin qui dépasse largement les questions pratiques. On prend son temps, on se savonne et l'on se rince à plusieurs reprises, puis l'on s'immerge. On répète les mouvements, les pressions, les frictions, de la tête aux orteils, infiniment. On s'asperge hors du bain et on se délasse dedans. On se lave de la vie, dit-on dans leur langue. On se lave pour entrer dans la nuit, on se fond dans l'eau, on lui livre son corps comme on peut le livrer lors de la fusion de l'acte érotique. On écoute le silence, on s'y abandonne. Depuis l'annonce de la nouvelle qui allait détruire sa vie, Suko ressentait le besoin impérieux de se laver.

Elle avait besoin d'être enveloppée, contenue, de se laisser porter à fleur d'eau, à fleur de peau, comme un fœtus dans le corps maternel. Et puisque le bain était pour elle une cérémonie, lorsqu'elle en eut terminé, elle essuya longuement son corps de jeune fille et prit le temps de contempler sa beauté comme si ce jour était le dernier qu'elle aurait à vivre. Puis elle enfila le beau kimono qu'elle réservait à la cérémonie du thé sur sa peau nue et gagna – parfaitement droite et à pas lents – son *washitsu*, sa pièce au sol de tatami, séparée du reste de la maison par des portes coulissantes en papier. Elle s'y agenouilla en position de *seiza* et alluma des baguettes d'encens selon le rite bouddhique.

Madame Tadatoshi priait avec ferveur, lorsqu'elle fut dérangée par un tambourinement sur sa porte d'entrée. Il n'est pas dans les manières japonaises de s'annoncer ainsi. Déconcertée, elle se leva et traversa la pièce en s'efforçant de préserver la perfection de sa posture.

Modernisme oblige, sa porte était bloquée et retenue par une chaînette de sécurité qu'elle retira aussitôt en reconnaissant madame Kirino, la femme du vieux marin-pêcheur qui accompagnait toujours Hoori dans ses campagnes. Bien qu'elle fût visiblement agitée, la vieille dame fit les salutations avec la solennité qui convient lorsque l'on salue la femme du patron de son mari, puis elle attendit que Suko l'invite à entrer.

Contrairement au protocole habituel, Suko convia son invitée à la suivre dans sa *tokonoma*. La vieille dame, honorée, s'agenouilla humblement devant madame Tadatoshi.

— Je vous écoute, madame Kirino.

— Je suis venue vous dire qu'à la radio, ils ont dit que mon vieux mari était passé par-dessus bord avant que le bateau ne coule. C'est ce que le vôtre disait à l'opérateur des garde-côtes juste avant de sauter à l'eau. Vous, madame, vous pouvez garder espoir.

La vieille dame interrompit son récit en remarquant l'encens qui brûlait sur la table basse.

— Vous avez commencé le rituel du deuil ?

— Hoori a fait naufrage. À cette heure-ci, il est mort, répondit froidement la sublime madame Tadatoshi.

La conversation n'alla pas plus loin. La pièce s'assombrit comme si la nuit était soudainement tombée. Les deux femmes se toisèrent sans comprendre.

À Naperville, dans un quartier proche de Hyde Park, Andrew, le gros bonhomme que Peter avait renversé en se rendant à l'université de Chicago deux ans plus tôt, avait rejoint la communauté des néo-maristes de Naperville pour la prière hebdomadaire. Cette communauté se réunissait dans l'appartement de sa mère.

Cette dernière s'était fatiguée d'écouter les nombreux prédicateurs de la région. Elle avait fait le tour de toutes les sectes de l'Illinois avant de mettre sur pied sa propre église. Jésus Barabbas, le bandit épargné par Ponce Pilate, avait – selon elle – franchi les océans et prêché la bonne parole aux peaux-rouges. Ses descendants avaient épousé des descendants d'esclaves. Par conséquent, une bonne partie de la communauté noire des États-Unis était le *vrai peuple de Dieu*. Andrew ne contrariait jamais sa mère. Il avait adhéré sans hésiter à la nouvelle secte, mais les fidèles ne se bousculaient pas. Ils étaient une dizaine à ce jour.

Ils récitaient des textes de l'*Ancien Testament* en se tenant par la main lorsque le néon du plafond s'éteignit brusquement. Andrew se précipita pour récupérer une torche afin d'aller inspecter le disjoncteur. Bien que la pièce centrale de l'appartement de sa mère soit dépourvue de fenêtre, il y régnait normalement une lueur diffuse à cette heure de la journée. Il fut donc surpris de devoir tâtonner pour s'y déplacer. Lorsqu'il parvint dans le hall d'entrée, il crut un instant avoir fait fausse route dans l'obscurité. De jour comme de nuit, la large vitre translucide qui surmontait la porte était toujours illuminée par la lumière extérieure, qu'elle provienne du soleil ou des réverbères qui en inondaient la rue. Mais pas cette fois. Le hall était dans la pénombre. Andrew prit peur.

En ouvrant la porte, il découvrit un ciel d'encre et des gens qui courraient en hurlant dans la rue. La radio de la cuisine ne lui offrit qu'une suite de crachotements sur toutes les ondes préprogrammées. Il retourna vers les fidèles réunis dans la pièce principale et s'adressa à eux d'une voix sourde : « Woody Allen avait raison. Il est minuit. La fin du monde vient de commencer. »

La maman d'Andrew avait autant confiance en lui, que lui en elle. Elle ne mit pas sa parole en doute. Elle ordonna à ses ouailles de réciter l'*Apocalypse* de saint Jean à la page qu'elle leur désignait. Il restait trop peu de temps pour finasser. Elle lut à voix haute, éclairée par la torche d'Andrew.

« 16-18. Alors, il y eut des éclairs, des voix et des coups de tonnerre, et un violent tremblement de terre ; on n'en avait jamais vu d'aussi terrible depuis que l'homme est sur la terre.

« 16-19. La grande ville se disloqua en trois parties et les villes de tous les pays s'écroulèrent. Alors Dieu se souvint de la grande Babylone pour lui donner à boire la coupe pleine du vin de son ardente colère.

« 6-20. Et toutes les îles s'enfuirent, et les montagnes disparurent.

« 16-21. Des grêlons énormes, pesant près d'un quintal, s'abattirent du ciel sur les hommes ; et ceux-ci insultèrent Dieu à cause du fléau de la grêle, car il était absolument terrible. »

Les fidèles répétèrent le texte lu par la mère d'Andrew jusqu'à ce qu'un étrange bourdonnement sourd ait envahi la pièce au point de couvrir leurs voix. Ils se turent et perçurent alors le vacarme étouffé d'une gigantesque explosion lointaine et, tandis qu'ils se contemplaient les uns les autres à la faible lueur de la torche, pétrifiés de peur, les vitres du logement explosèrent.

Dans l'océan Pacifique, est du Japon

Compte tenu de la violence de la tempête qui l'agitait, l'océan Pacifique portait bien mal son nom. Avec les bandes rouges qui ornaient sa tenue de survie, ballotté par les vagues et les courants, Tadatoshi ressemblait au flotteur en liège d'un pêcheur à la ligne, Il n'était dans l'eau que depuis quelques minutes mais ses membres s'engourdissaient déjà. La température de son corps ne tarderait pas à franchir le seuil critique. Comme deux frères d'armes, les deux sous-marins firent immersion en même temps. Ils disparurent rapidement, leur sinistre mission achevée.

Tadatoshi aperçut la tête glabre du calmar monstrueux. Un œil énorme épiait. Plus énorme à chaque seconde. La bête se rapprochait. Malgré l'agitation de l'océan, un remous – une traînée que le pêcheur reconnaissait sans la moindre hésitation – marquait son déplacement. La chose était encore à dix mètres quand il sentit le tentacule l'attraper et s'enrouler comme un boa autour de son corps. L'attaque avait été effroyablement rapide, comme un coup de fouet lancé par un habile cow-boy. Il avait désormais une idée de la longueur extraordinaire de la bête.

Il savait qu'il vivait ses derniers instants. Il comprenait à présent pourquoi le regard des calmars l'avait toujours effrayé. Devant l'évidence, il n'est plus possible de nier la puissance de la destinée. Il allait finir en pitance pour le monstre des abysses, comme il l'avait toujours su, quelque part au fond de lui.

Le tentacule se resserra comme un ressort qui reprend sa forme et approcha sa proie de la tête du calmar géant. À travers ses yeux brouillés par l'eau salée, les larmes et le sang, Tadatoshi voyait à présent l'animal dans sa splendeur translucide. Le tentacule qui le tenait comme une main gantée munie de ventouses antidérapantes le maintint un instant devant l'œil monstrueux, un œil plus gros que sa tête. Puis la prise se resserra encore et ses os furent broyés. Hoori sentait son corps se vider de son sang par l'intérieur. Le géant monstrueux semblait lui adresser un message télépathique. Il baissa les yeux et constata la présence d'une cicatrice sur le tentacule qui l'écrasait, un trou ancien qui demeurait pourtant parfaitement visible. Il comprit le message.

Le calmar lui montrait la trace d'une ancienne souffrance. Celle d'un bébé architeuthis soulevé par la griffe d'une turlutte qui lui avait traversé le tentacule. La scène avait eu lieu quelques années plus tôt, dans le lagon d'une île tropicale du Pacifique sud, avant que l'animal n'entame sa descente progressive vers les grands fonds. Hoori se souvint de cette nuit lointaine et ne put s'empêcher de retourner un reproche à l'animal qui lui prenait la vie : « Moi, je t'ai peut-être fait peur, mais je t'ai relâché. »

Le calmar n'en eut cure. Tout comme les sous-marins qui l'avaient précédé, il plongea. Puis il entama une descente vers le fond du canyon. Il glissait plus qu'il ne nageait, filant comme un vaisseau spatial dans le froid, dans le noir, progressant majestueusement vers l'infini, vers le néant, vers l'origine de la vie.

« Tu es un *kappa*, dit Hoori à l'animal. Tu es cette sorte de bête cruelle à la peau gluante que l'on rencontre dans nos contes populaires. Tu n'as pas de pitié. »

Le plancton fluorescent formait à présent une nuée d'étoiles autour d'eux. La pression des profondeurs n'avait pas le moindre effet sur l'architeuthis prodigieux qui tenait sa proie à la façon dont une petite fille enserre une poupée, virevoltant gaiement et planant sur les courants thermiques.

La fin d'un monde venait de commencer. La Terre survivrait désormais sans les hommes. Autour des sources hydrothermales, la vie se déploie là où on la croit impossible, dans un milieu privé d'oxygène, à des températures infernales, dans une eau chargée de métaux et de soufre, dans l'obscurité la plus totale. En s'enfonçant vers les profondeurs, le calmar fuyait la mort.

La mort biologique avait fait son œuvre, mais l'esprit apaisé du capitaine Tadatoshi assistait avidement à cette longue descente dans les abysses, vers le royaume du dieu de la mer, vers le cœur du cosmos. L'univers scintillait d'animaux fantastiques. Il n'était plus un homme, mais un être légendaire, comme Hoori, le héros de son enfance.

Il connaissait cette légende par cœur : Hoori avait perdu le harpon que son frère aîné, Hoderi, lui avait prêté. Pour mettre fin à la dispute qui s'en était suivie, Hoori avait décidé de descendre au fond de la mer pour récupérer l'arme. Là, il avait rencontré la princesse Toyo-tama, fille de Ryujin, et l'avait épousée. Après trois ans passés sous la mer, Hoori avait eu le mal du pays. Il était revenu chez lui et avait rendu le harpon à son frère avant de donner naissance à Jimmu, le premier empereur du Japon qui régna cinq cent quatre-vingts années.

Hoori s'apprêtait à rencontrer le roi Ryujin lorsqu'il entendit une voix qui l'appelait. Un vieux pêcheur godillant debout sur son bateau lui souriait : « Gorō, Gorō, mon fils ! »

Son esprit quitta alors son corps pour rejoindre celui de son père vénéré. Il allait enfin pouvoir retourner à la pêche à la dérive *tataki* sur le *shimaihagi* joliment décoré.

Le jour dernier à Moscou.

Cela faisait bientôt trois jours que Peter Roberto attendait dans la chambre 113 de l'*H*ôtel National. À quelques mètres de là, un siècle plus tôt, l'établissement avait accueilli Lénine dans la chambre 107.

Escorté par les forces spéciales et le colonel Washington en personne jusqu'à son avion, Peter avait été remis à un agent de la CIA chargé de son convoyage à Moscou. Son collègue, le docteur Adam Smith, avait embarqué de la même manière, une heure avant lui, pour la République populaire de Chine.

Malgré le confort de sa belle chambre avec vue imprenable sur la place Rouge et le Kremlin, Peter n'en pouvait plus d'attendre. Sa mission était un poids bien trop lourd pour ses petites épaules. Il ne dormait plus, sa femme lui manquait, son train-train quotidien lui manquait. Il était trop vieux pour vivre toutes ces émotions. Mais au fond, il était fier de pouvoir servir son pays et, peut-être même, de pouvoir sauver le monde.

Pourquoi l'avaient-ils choisi ? D'autres scientifiques, plus jeunes, auraient eu les compétences nécessaires. Il étouffait dans sa prison dorée, gardée jour et nuit par des membres du GRU[18]. L'hôtel avait été pratiquement vidé pour lui laisser la place. Peter connaissait les grandes lignes du baratin qui avait été servi aux Russes : il était là pour apporter une solution au conflit. Quelle que soit la façon dont on avait présenté les choses, sa mission avait été prise au sérieux. Il était probablement exceptionnel d'assister à un tel déploiement de force pour un seul homme, américain de surcroît !

Matthew, son garde du corps de la CIA, avait été écarté et logé dans un autre étage, mais le professeur avait fait un véritable scandale pour que l'agent puisse lui rendre visite plusieurs fois par jour. Sa présence l'occupait et le rassurait. De plus, il éclairait sa lanterne dans un domaine qui – malgré son immense savoir – lui était resté parfaitement inconnu jusque-là, celui des mœurs et des protocoles qui se pratiquaient entre les services spéciaux américains et russes. Matthew lui avait indiqué que les militaires qui montaient la garde dans les couloirs de l'hôtel appartenaient au GRU et qu'ils faisaient partie des forces spéciales *spetsnaz*. Ces unités d'élite n'étaient appelées que pour des missions militaires de la plus haute importance.

Peter Roberto avait été auditionné par des spécialistes atomistes en présence du professeur Dimitri Gasnov, un ami de longue date. Ce dernier avait vite

---

18 GRU : direction centrale du renseignement de l'armée russe.

compris que la mission de son homologue américain était essentielle. Les deux savants avaient échangé quelques informations en usant d'allusions qu'ils étaient seuls capables d'interpréter, et d'un code qui datait de leur jeunesse. Le savant russe avait fini par comprendre que la mission de Peter était liée à une nouvelle arme dont il n'avait pas réussi à deviner le contour. Il avait sollicité des confidences plus précises, mais Peter n'avait pas cédé. Il devait absolument respecter le timing qu'on lui avait imposé.

Le temps était compté. Dimitri faisait ce qu'il pouvait pour accélérer la rencontre avec l'état-major des forces armées, mais ses interlocuteurs semblaient gênés par la présence d'un agent asiatique qui déclarait en permanence devoir « rendre compte » avant de décider quoi que ce soit. Excédé, Peter avait demandé des explications à Matthew. Celui-ci lui avait expliqué que l'empêcheur de tourner en rond appartenait sans doute aux CMSS[19], les services secrets de la République populaire de Chine. « Chinois et Russes ont signé un pacte qui semble être très solide. Ils ne font rien l'un sans l'autre. »

Au matin du troisième jour, la place Rouge s'était entièrement vidée de ses passants pour être transformée en base militaire. Des tentes à armature rigide s'alignaient désormais à côté de ce qui ressemblait à des centrales d'énergie mobiles. Après être resté interloqué devant l'incongruité de ces installations, Peter conclut qu'il assistait à la mise en place d'un hôpital de plein-air.

---

19 CMSS : Chinese Ministry of State Security.

Cela ne pouvait vouloir dire qu'une chose : les Russes étaient sur le point de lancer leurs missiles nucléaires et ils se préparaient du mieux possible à une riposte. Le regard de Peter dériva vers le milieu de la place, là où se trouvait le mausolée de Lénine, embaumé après sa mort. *Réveille-toi, Lénine !* songea-t-il. *Réveille-toi, ils sont devenus fous.*

Il était perdu dans ses pensées lorsque Matthew fit irruption dans l'appartement. C'était sa deuxième visite de la journée. Il avait eu l'autorisation de venir prendre son petit-déjeuner avec le professeur. L'agent de la CIA semblait surexcité.

— Prenez vos affaires ! Prenez la tablette ! On y est ! Ils vont venir vous chercher dans quelques minutes.

C'était donc le grand jour, celui de la rencontre avec les plus hauts responsables militaires russes.

Ils furent emmenés dans les sous-sols de l'hôtel par les militaires des forces *spetsnaz*. On les fit grimper à l'arrière d'une fourgonnette aveugle et insonorisée. Peter avait l'impression de se retrouver dans un corbillard. Au bout de quelques minutes, il transpirait comme dans un sauna et commençait à se sentir mal. La voix de son ami Dimitri fusa d'un haut-parleur.

— Professeur, je suis dans le même véhicule que vous, à l'avant, avec le chauffeur. Ne paniquez pas. Votre siège est inconfortable, mais le système de climatisation et d'aération fonctionne très bien. Vous n'allez pas étouffer. Ce fourgon blindé va nous conduire dans un poste de commandement. Vous et votre agent de la CIA allez être les premiers étrangers à y pénétrer.

Notre président vous attend. Détendez-vous, je vais mettre un peu de musique, de notre grand Pyotr Ilyich Tchaikovsky pendant le reste du parcours.

Pas *Le lac des cygnes*, tout de même ! songea Peter incrédule.

Mais il ne sut finalement pas sur quel morceau s'était porté le choix de Dimitri. Sa tête était si embrouillée qu'il était incapable de se concentrer sur les sons sortant des haut-parleurs. À ses côtés, Matthew semblait au contraire parfaitement opérationnel. Son entraînement l'avait certainement rompu aux situations les plus invraisemblables. Malgré l'absence de fenêtres et l'insonorisation du véhicule, il tentait visiblement d'établir le chemin qu'ils empruntaient, notant mentalement les balancements de la fourgonnette dans les virages et se repérant en permanence sur sa montre. Voyant le professeur submergé par le stress, il poussa même la conscience professionnelle jusqu'à saisir son poignet afin de lui prendre le pouls. Le professeur sursauta sous l'effet de ce contact incongru.

La musique cessa brusquement. L'agent américain avait les yeux rivés sur sa montre. Ses homologues russes avaient examiné l'objet sous toutes les coutures pour vérifier qu'il ne contenait pas un éventuel système de positionnement ou un quelconque gadget à la James Bond. Ils n'avaient rien trouvé. Ils lui avaient donc rendu la toquante, une Rolex, qui était pourtant munie de quelques ingénieuses trouvailles indétectables, dont l'altimètre que Matthew consultait à cet instant. Il annonça au professeur qu'ils étaient en dessous du niveau de la mer. Probablement dans un abri antiatomique.

Le fourgon s'était arrêté. La porte arrière s'ouvrit brutalement et Peter cligna des yeux sous la violence de l'éclairage artificiel qui illuminait leur lieu d'arrivée. L'air sentait le renfermé et les murs suintaient d'humidité. L'agent avait vu juste, ils étaient sous terre.

Le professeur descendit le premier. Il était chancelant, mais serrait sa précieuse valise contre son torse minuscule. Matthew sauta souplement du fourgon derrière lui, avide de découvrir le territoire interdit que représentait ce lieu. Il se retrouva face à un officier du *spetsnaz* qui le dépassait d'une tête et qui pointa aussitôt un pistolet automatique sur son front :

— Agent FK352, vous auriez tort de nous prendre pour des Tchétchènes. Donnez-moi votre montre, s'il vous plaît.

Matthew s'exécuta sans discuter. Le Russe venait de dévoiler son matricule de l'US Air Force, un matricule que la CIA pour laquelle il travaillait sous couverture n'était même pas censée connaître elle-même.

— Nous avons repéré votre système de localisation depuis longtemps, mais nous n'avions pas réussi à déterminer le moyen de l'activer. Grâce aux caméras qui vous filmaient pendant votre transport, nous savons à présent ce que nous voulions savoir. *Bolchoï spasibo*[20] !

---

20 *Bolchoï spasibo* : merci beaucoup !

Satisfait, le Russe rengaina son arme et les guida vers l'ascenseur d'un pas rapide tandis qu'une véritable armada d'officiers les encadrait de part et d'autre. Après une descente interminable, il leur fallut encore passer de salle en salle, parcourir des couloirs et traverser d'innombrables sas que les officiers déverrouillaient les uns après les autres sans paraître se lasser. Le décor était sinistre, essentiellement composé de métal et de béton nu, et chichement animé par les systèmes d'alarme qui bourdonnaient et clignotaient comme des machines folles. Hypnotisé par le martèlement des bottes qui résonnait dans les couloirs, Peter eu brusquement l'impression qu'ils avançaient vers un peloton d'exécution. *Quoi qu'il en soit, nous sommes dans le couloir de la mort*, songea-t-il.

Ils parvinrent enfin à la porte du poste de commandement utilisé en temps de crise grave ou de guerre nucléaire. Les inscriptions de mise en garde en russe qui bardaient l'immense porte, gardée comme l'entrée de Fort Knox, ne faisaient aucun doute : c'était là que tout allait se jouer.

Après un palabre et un échange de badges, les hommes postés sur le seuil s'effacèrent et les laissèrent découvrir l'un des lieux les plus secrets de Russie.

L'ambiance intérieure contrastait singulièrement avec la sobriété toute soviétique des corridors qu'ils venaient de parcourir. L'endroit n'impressionnait pas seulement par ses dimensions colossales ou la sophistication des équipements de communication omniprésents, il était également agencé avec un souci particulier de l'esthétique et de l'éclairage. L'acoustique feutrée permettait à la centaine de personnes qui peuplaient les lieux de converser à voix basse sans générer de cacophonie. L'assemblée était visiblement constituée de quatre groupes distincts dont les effectifs allaient en décroissant. Peter eut aussitôt le sentiment qu'ils correspondaient à des niveaux de commandement progressifs et que le groupe le plus restreint était celui qui allait les recevoir. Sur les écrans alentour, certaines images filmées depuis l'intérieur de silos de lancement étaient effrayantes. Des missiles intercontinentaux étaient en cours de lancement. D'autres écrans affichaient les cibles choisies et les bases américaines qui s'apprêtaient à riposter. Matthew réalisa qu'il avait bien peu de chance de revenir vivant de cette mission. Il en savait désormais beaucoup trop sur le système de défense russe. *Mais de toute façon, qui sortira vivant de tout ça ?*

Dimitri Gasnov et le professeur Roberto furent invités à se diriger dans une petite pièce jouxtant la salle principale. Les murs étaient tapissés d'écrans qui répliquaient les principales images du poste de commandement. Les commandants en chef des différents corps d'armée russes vinrent bientôt les rejoindre dans le plus grand silence, accompagnés par des représentants des Forces spatiales que la défense antimissile concernait. Une fois entrés, la plupart des officiers demeurèrent debout, dans un silence respectueux. Sur un fauteuil situé au fond de la pièce, Peter distingua une silhouette qu'il n'avait pas remarquée en entrant. L'homme, de petite taille, était presque entièrement caché par son dossier. Il conversait avec quelqu'un par l'intermédiaire d'un écran. En s'approchant, Peter finit par constater qu'il était face au président russe et que son interlocuteur était le président chinois. Il était en train d'assister à une conférence au sommet.

Dimitri Gasnov présenta le professeur à voix basse aux officiers, tandis que le petit homme dans son fauteuil continuait sa conversation avec son homologue chinois. En retrait, deux hommes des forces *spetsnaz* et un agent chinois observaient le fauteuil du maître du Kremlin qui pivota subitement à cent quatre-vingts degrés. Les yeux fixes et glaçants du chef suprême des armées impressionnèrent Peter. La salle était suspendue à ses lèvres.

— Vous arrivez trop tard, messieurs. Les premières frappes nucléaires ont été lancées, dit-il en russe. Dimitri traduisit aussitôt pour Peter.

Sans préambule ni formule de politesse, le professeur Roberto prit la parole :

— Dans ce cas, il vous faut regarder immédiatement ce que j'ai apporté. La présence de vos plus grands spécialistes militaires ainsi que celle du professeur Gasnov vous sera également utile dans quelques instants.

Il ouvrit sa valise. Dimitri Gasnov l'assista pour déployer son matériel.

Le professeur russe héla un jeune ingénieur militaire et lui donna quelques consignes. Le film de présentation de la Dernière Cartouche de l'United States Strategic Command, commença. Les murmures fusèrent dès le début de la projection. Le président, mâchoires serrées, ne manifestait pas ouvertement ses émotions, mais les muscles qui palpitaient sur les flancs de son visage témoignaient de la tension qui l'habitait. Lorsque la démonstration parvint à son terme, le président se leva. Il frappa violemment la surface du pupitre qui lui faisait face et hurla en américain.

— Cette arme n'existe pas ! Elle ne peut pas exister ! Nous l'aurions détectée depuis longtemps si c'était le cas ! Vous bluffez, professeur !

Certains des officiers présents relâchèrent leur souffle. Cette affirmation les rassurait. Le président avait raison, c'était l'évidence. Aussi calmement qu'il pouvait, Peter expliqua :

— Monsieur le Président, ce système a été pensé et mis en œuvre depuis nos premiers pas sur la lune. Tout le monde savait qu'il n'y avait pas grand intérêt à marcher sur la lune. Sauf d'un point de vue militaire. L'armée américaine avait besoin de récepteurs-calculateurs sur le sol lunaire. En 1969, nous n'avions pas encore les technologies nécessaires à la conception d'armes spatiales offensives, mais nous anticipions toutes les possibilités qu'elles nous offriraient. L'intérêt de disposer d'une base de réémission sur la lune était déjà une évidence. Le calculateur mis en place lors de la première mission sélène permet de coordonner les signaux de quatre satellites, un minimum pour un calcul de positionnement précis par trilatération, comme nous le savons tous ici. La conception et la mise au point de l'engin de mort dont nous venons de vous révéler l'existence a commencé à ce moment-là.

Ce monstre bourré d'ogives nucléaires a été acheminé en plusieurs parties au cours des différentes missions, puis assemblé sur la face cachée de la lune, à votre insu. Vos services ont failli découvrir notre secret à plusieurs reprises, mais la fin de la guerre froide et les traités de dénucléarisation ont fini de vous convaincre que nous avions renoncé à utiliser l'espace comme poudrière. Il n'en est rien.

Le président russe affichait toujours une mine moqueuse.

— Si vous aviez vraiment élaboré une telle arme, elle viserait peut-être à détruire la Russie et la Chine… et l'Europe, pourquoi pas… mais pourquoi prétendre que votre fusée enverra également des missiles sur les États-Unis ? Pourquoi détruire la planète entière ? C'est totalement absurde !

— Notre président vous proposera bientôt une vidéoconférence qui vous éclairera sur ce point. Mais je présume que vous souhaitez d'abord vous assurer de la véracité de ce qui a été dit jusqu'à présent. Il nous faut agir vite, Monsieur, nous sommes au pied du mur.

Après un simple regard lancé par le président russe à leur intention, les différents généraux présents dans la pièce aboyèrent des ordres à leurs collaborateurs respectifs. Les images affichées sur les écrans de la salle ne tardèrent pas à mettre en évidence les premières preuves de l'approche de la fusée porteuse de mort. Selon les calculs qui furent rapidement élaborés, elle pénétrerait dans l'atmosphère terrestre moins d'une heure plus tard.

— Notre fusée a quitté le sol lunaire il y a exactement quarante-cinq heures et trente-deux minutes, expliqua Peter après avoir jeté un œil sur sa tablette. Elle s'approche de la Terre à la vitesse approximative de huit mille trois cent cinquante kilomètres/heure. Je présume que certains observateurs indépendants ont déjà dû la remarquer. Mais vos services étaient obnubilés par la surveillance des satellites et je ne suis pas étonné qu'un objet aussi petit ait échappé à leur vigilance. À présent qu'elle s'approche de nous, il est plus aisé d'en constater l'existence. Je vais lancer la suite de notre démonstration afin de répondre aux dernières questions que vous vous posez.

— Attendez ! intervint le président.

Puis il se tourna vers le professeur Dimitri Gasnov :

— Qu'est-ce que vous en pensez, vous ? Est-ce que tout ça tient debout ?

— Oui, Monsieur le Président, répondit Dimitri, ému par le fait que le chef suprême des armées s'adresse directement à lui. L'objet est désormais parfaitement visible. Quant à savoir ce qu'il contient… on ne peut que le supposer. Mais avec tout le respect que je vous dois, Monsieur le Président, je suppose que les Américains n'ont pas élaboré cet engin pour nous arroser de confettis.

Déconcerté par le franc-parler du scientifique, le président russe marqua une seconde de pause. Puis il se retourna vers Peter :

— Allez-y.

La deuxième vidéo détaillait le contenu de la Dernière Cartouche. La fusée de la mort transportait quatre cent cinquante missiles à têtes nucléaires dont les trajectoires étaient programmées pour couvrir l'ensemble de la planète. Aucune capitale, aucun des lieux à forte densité de population ne résisterait à sa puissance de destruction. Le monde entier succomberait sous son attaque. Compte tenu de la radioactivité résiduelle qui succéderait aux explosions, la race humaine n'avait pas la moindre chance d'en réchapper.

Dès la fin de la vidéo, l'agent chinois qui avait considérablement compliqué la mise en relation de Peter avec le haut commandement russe prit la parole pour demander à rendre compte de tout ce qui se passait à son supérieur direct. Le président russe lui jeta un regard las :

— Regardez cet écran, lui dit-il en lui désignant le moniteur sur lequel le visage du président chinois était toujours affiché. Vous ne voyez pas que nous sommes en communication directe avec le chef de votre gouvernement ?

— Je dépends de mon supérieur direct, répliqua l'agent chinois. Je dois lui rendre compte.

Le président n'eut qu'à adresser un clignement d'œil à l'officier des forces *spetsnaz* qui se tenait derrière l'agent chinois pour qu'Igor se glisse derrière l'homme et l'étrangle d'une clé implacable de *samoz*[21]. Les vertèbres du cou du *qingbao*, espion chargé du renseignement militaire (sa deuxième casquette, qu'il

---

21 *Samoz* : art martial russe.

aurait désormais du mal à tenir droite), craquèrent sinistrement et l'homme s'effondra. Le capitaine Igor Zakhraov aurait aimé pouvoir lui trancher la gorge, mais le contexte ne s'y prêtait pas.

Désintéressé par la scène, le chef des armées venait d'activer une communication en attente avec les États-Unis. Le président américain apparut sur l'écran voisin de celui où figurait déjà le visage de son homologue chinois. Il était assis derrière son bureau de la Maison-Blanche. Son visage était défait, ravagé, ses traits étaient tirés comme jamais. Il prit la parole avec une infinie gravité :

— Messieurs les Présidents, il nous appartient à présent de sauver le monde. Je m'engage devant vous, au nom de mon pays et de nos alliés, à ce qu'aucunes représailles ne soient exercées à l'encontre de vos deux nations, malgré les dégâts considérables que vos dernières agressions nous ont infligés. Nous allons reconstruire ensemble ce qui peut l'être, afin de créer un ordre nouveau sur la Terre. Quand cette conversation prendra fin, vous aurez exactement trois minutes pour neutraliser en vol les missiles qui sont en cours de lancement. Passé ce délai, toute attaque menée à son terme contre notre pays sera considérée comme une rupture définitive du dialogue. À compter de maintenant, vous disposez également d'un délai de trente minutes pour activer la totalité de votre arsenal nucléaire et organiser l'autodestruction systématique de l'ensemble de vos missiles. Comme votre état-major pourra vous le confirmer, nous avons déjà commencé cette opération de notre côté. Dans moins d'une demi-heure, les États-Unis ne disposeront plus d'une seule arme nucléaire en état de marche. Si vous faites de même de votre côté – et mon propre état-major est évidemment chargé de vérifier ce qu'il en est – nous ferons en sorte que notre fusée lunaire se déroute et rebondisse sur l'atmosphère terrestre avant de se perdre dans l'espace. Si vous ne respectez pas notre demande, cette fusée mènera sa triste mission à son terme et l'humanité disparaîtra dans son ensemble.

Le président marque une pause avant de reprendre la parole d'un ton encore plus grave que précédemment :

— Messieurs les Présidents, je ne vous dis pas « adieu ». Je garde l'espoir et vous dis « à bientôt ».

Sur ces mots, la communication se coupa, laissant planer un silence de mort sur la salle médusée. La trajectoire de la fusée mortelle était désormais visualisée par des pointillés sur l'écran principal qui éclairait les hommes silencieux d'une lumière bleutée.

— Stoppez tout ! ordonna le président russe pendant que son homologue chinois en faisait autant.

Les différents chefs des armées présents relayèrent aussitôt l'ordre. Une effervescence sans précédent agita l'ensemble du poste de commandement.

Le chef suprême des forces armées russes, épuisé, quitta la salle sans un mot. Un jeune lieutenant s'écroula sous ses yeux, terrassé par l'angoisse et par la tension de ce qu'il venait de vivre. Le président lui jeta un regard de mépris. La vue d'un officier en uniforme russe gisant à terre lui était insupportable.

Table des matières

**Découvrez les autres ouvrages
de notre catalogue !**

http://www.editions-humanis.com

Luc Deborde

Editions Humanis

BP 32059 – 98 897 Nouméa

Nouvelle-Calédonie

Mail : luc@editions-humanis.com